A E
& I

La Llorona

Autores Españoles e Iberoamericanos

Marcela Serrano

La Llorona

© Marcela Serrano, 2008
c/o Guillermo Schavelzon & Asoc. Agencia
Literaria-info@schavelzon.com
© Editorial Planeta, S. A., 2008
   Diagonal, 662-664 - 08034 Barcelona (España)

Primera edición: marzo de 2008

Depósito Legal: B. 3.227-2008

ISBN 978-84-08-07890-6

Composición: Fotoletra, S. A.

Impresión y encuadernación: Grafhika Copy Center Ltda.

Printed in Chile - Impreso en Chile

Para Willie Schavelzon, simplemente

I

ELLA

1

Tú la mataste.

Eso me dijeron en el pueblo. Y me llamaron la Llorona.

No porque derramara lágrimas sin ton ni son. Nunca regalé el llanto, ni de pequeña. Hoy era calladito. Hasta mis gritos se ahogaban como si me atravesaran la garganta con una herramienta afilada de las que se encuentran en el potrero. Media garganta grita también a medias. Me llamaron así por la leyenda, por el alma en pena de una madre que asesinó a sus hijos ahogándolos en el río. Dicen que vaga por las noches en los lugares cercanos llorando y lamentando sus muertes. Dicen también que las noches de tormenta se abren ante ella sin descanso y el corazón se le escapa del cuerpo junto a sus sollozos. Es la Llorona.

Hubiese sido yo la asesina. Miraría escarbar a los perros, tocaría los nudos, nombraría las cosas, todo lo caído sería sólo lo caído. Pero cuando mis vecinas me vieron volver con las manos vacías, no me creyeron. Que cómo, que ayer la niña estaba bien, que dónde el cadáver, que qué funeral, que nada. Me fui hacia el río como la asesina de la leyenda y lloré.

Lloraba por sus manos calentitas. No tenían ruido esos recuerdos. Había caminado y caminado hiriendo mis pies sin poder creer que hubiese muerto. Las vecinas tenían razón, mejoraba ese viernes cuando la vi por última vez en la hora de visitas. El sábado me la perdí porque estaba en rayos. Hasta el polvo del camino se helaba el domingo cuando llegué al hospital; pensaba en esas manos chiquitas y tibias que me quitarían el frío mío, las que podría besar cuantas veces se me antojara. Se lo cuento a ustedes, de esta forma me lo dijeron: Señora, su hija ha muerto. Nada más. Que fuera a hablar al primer piso. No podía moverme, sentía mi cuerpo aún más entumecido que al llegar, ya no sólo las manos sino toda entera, la cabeza, el corazón. Nadie me compadecía. Inerte, tomé el teléfono público y llamé al padrino. Seguro que él hizo los trámites, el marido estaba en la construcción y la obra no tenía teléfono. El dueño del taxi de la carnicería fue a avisarle. Recuerdo primero el frío, luego el hielo, al fin la pesadilla. Desperté cuando pedí verla y nadie me la supo encontrar. Se acabó la hora de visitas, me dijeron; que me retirara, que ya era de noche. No me moví. Matarlos a todos, sí, que se murieran. Recé a Dios que enviara un cataclismo y destruyera la ciudad entera, que se derrumbara piedra a piedra todo el hospital y su gente, una a una esas enfermeras que hablan bajito como si consolaran, uno a uno esos doctores, los que no estaban para *cosas administrativas*, como si la muerte fuese cosa de administración, los dioses esos sin alma. Cuando al fin llegó el marido la cosa se puso fea, que quería enterrar a su hija, que quería verla muerta. A puro calmante le bajaron sus gritos. Nos fuimos a la mañana siguiente y la luz barrió la pena helada. Me agité con una rabia nueva, desconocida, era urgente esta rabia, se pegaba a mi esqueleto: debía encontrar el cuerpo de la niña, despedirme de ella.

Fueron dos días de trámites mientras su cuerpito frío de muerte deambulaba vagabundo en algún lugar sin vestido para enterrarse. Nos recibió el mandamás y nos habló de la incineración. A la hora del fallecimiento no estábamos, según él; hubo que enviarla a la morgue, son los procedimientos, un cuerpo no reclamado, mucho muerto para poco espacio. Yo estaba aquí el día domingo, señor, llegué temprano y no me moví. Silencio. Y estuvimos el lunes, y el martes. No me he movido del hospital. Yo estaba aquí. Yo estaba aquí. Pero nada. Entiendo su arrebato, señora, me hago cargo de su dolor. El marido se asustó con mis gritos y mi empecinamiento. Con tanta insistencia mía. Recibió el certificado de defunción. Vámonos de una vez para siempre, me dijo, no volvamos a pisar este lugar.

Las cenizas no se visten, las cenizas no pasan frío.

En la única iglesia del pueblo prendieron velas a la virgen, hicieron misa de entierro que no era entierro y cada uno para su casa, mis pechos cargados de leche y, zumbando la cabeza llena de vientos helados, oía el murmullo de las vecinas: la Llorona, la Llorona. Si al menos el marido escuchara, pero él siempre callado, sin meterse con nadie. Su hermana vino a cuidarme.

Se me cortó la leche, no fui más a trabajar y quería morir. Sólo eso recuerdo.

Algún lunes nebuloso lavaba yo la ropa en la artesa cuando algo me pasó por el cuerpo y me quedé sin movimiento. No sé bien qué vi, quizá oí una voz, no lo sé, pero créanme, mi corazón tuvo una certeza: la niña estaba viva. No se les había muerto, me la habían robado. La idea ondulaba en torno a mí, liviana y cierta, como rodea el sol a la mañana. Apurada, me sequé las manos y partí, dejando la ropa mojada y sin colgar. Tomé el colectivo, fui a la obra a ver al marido y se lo conté. Me mandó de vuelta, que parara el cuento, que hiciera otro niño, que para eso era joven, que terminara con la historia esta. Ya en la casa tomé una silla de la pieza y la instalé bajo la palma, el único árbol de nuestro jardín. Mi cuñada había partido. Estaba sola. Eso me gustó, me permitía un destierro. Nunca entonces me sentaba a pensar, ni se me ocurría hacerlo, ignorante sobre si otros tenían el tiempo y las ganas de tal ocio. Sólo pensar. Sentada bajo el árbol, en compañía de unos pájaros a los que no miré, cruzadas las manos serenas sobre el vientre, hice un esfuerzo por recordar. Con calma y precisión asalté uno a uno los momentos. Se equivocaban las vecinas si pensaban que, indiferente, le había dado un empujón al tiempo.

El pueblo en el que vivía estaba a media hora de la ciudad que no por llamarse ciudad era grande ni importante. Sólo resultaba la más cercana. Allí, el hospital de mis pesares. También me empeñaba en el lavado aquel día cuando, tendiendo una sábana, levanté los brazos y algo reventó. Un colosal chorro de agua salpicaba todo. Grité a la vecina para que corriera a la carnicería y pidiera el taxi. Aguántese, señora, aguante un poco más, rogaba el hombre, como si no estuviera acostumbrado a los partos en el asiento de atrás. Llegué al hospital de la ciudad con la niña entre las piernas, directa al pabellón. Menos mal, insistía el taxista a quien quisiera oírle, secándose las gotas de sudor con un pañuelo a cuadros, menos mal que la hizo. Y sí, la hice. Un parto fácil y rapidito. Los aullidos, de cuerpo entero, no me fallaron porque no había anestesia para el dolor. La niña salió grande y larga, morenita, con mucho pelo enmarañado y buena salud. Me llevaron a la pieza de posparto con otras cinco mujeres. En la cama del lado izquierdo lloraba una chiquilla de dieciséis años porque había escondido el embarazo con una faja, saliendo de la casa de sus padres por el fin de semana con la disculpa de buscar trabajo. Debía volver lo antes posible, sin nada entre las manos. Pobrecita, quería regalarme a su niño, que por favor me lo llevara y lo criara con la mía. El bebé era de colores claros, muy bonito y mamón, lloraba como un grande y la chiquilla se lo ponía al pecho y entonces lloraba ella. La cama de los llantos, la bauticé yo, si no lloraba una lloraba el otro. Las enfermeras, preocupadas, me llevaron aparte para pedirme que la vigilara: podía matarlo. Bestias envenenadas incapaces de distinguir el miedo de la maldad. Al lado derecho, se hinchaba de orgullo una mujer con su sexto hijo, más manos para labrar la tierra y cuidar a sus animales. Su marido la veneraba por parir tanto varón. Fue una buena compañía, su experiencia ayudó a la mía y me sujetaba la cría cuando me venían los dolores al útero, porque su hijo nunca lloraba y a ella los dolores no la atacaban. Nos conocimos bastante las parturientas, nos obligaban a caminar por la sala y conversábamos y nos ayudábamos con los recién nacidos y la preparación de los tecitos, cada vez más tibios a medida que avanzaba el día, repartían el termo sólo de mañana. Nos permitían una hora de visitas diaria, no siempre funcionaba, los maridos trabajaban y pocas tenían familia en la ciudad. Buscar signos de nacimiento en esos cuerpos tan chiquitos fue un pasatiempo. Por más que busqué, la mía no tenía ninguno. Y si se te pierde, ¿cómo la vas a distinguir?, me preguntó la que lloraba todo el día. ¿Y por qué se me va a perder?, le respondí. Mi vecina mostraba un lunar enorme bajo el brazo de su niño, no importa, decía, si total es hombre. Como si fuera un potrillo ya marcado. Para toda la vida.

Por fin llegó el cuarto día, la fecha de mi alta. Una enfermera nueva se presentó esa mañana, parecía más importante que las otras por el uniforme que llevaba. Habló muy bajo con la chiquilla de los llantos y, apenas hubo cerrado la puerta, ella nos contó: el mismo hospital le había conseguido una madre para su hijo, era un secreto, no habría nada legal, nada de papeleos, perfecto para ella, nadie se enteraría de su situación. Me contó que su papá era capataz de un campo ganadero, orgulloso de su ascenso y cercano a sus patrones, gente muy católica y tradicional. Podría perder el trabajo si se enteraban del desliz de su hija, quien además ayudaba en la casa patronal cuando la familia llegaba a sus vacaciones. El padre de la criatura era un hermano del patrón. Cuando ella le informó del embarazo, él amenazó con deshacerse del niño en su vientre, sabía cómo hacerlo, pero ya era tarde. Sin tristeza, me explicó que él no era malo, sólo venía de una familia estricta. Estaba de novio con una señorita de la capital y esto podía arruinarlo todo. Tan joven la chiquilla y ya tenía un sentido de realidad formado. Bien por ella, pensé, para que no sufra. Se la veía aliviada mientras se preparaba a partir. Quizá se rompiera al separarse del recién nacido, creería en un dios desgraciado al entregarlo, sentiría un óxido corroyendo algún vacío al partir sin él. Pero no, se marchó a retomar su vida como si el parto no hubiese sido más que un sueño malo.

Partidos ya el dúo de llorones, me adormeció el silencio de la cama a mi lado. Cuando desperté, mi niña estaba ardiendo. Que no me preocupara, dijo la enfermera, sólo tenía fiebre. No me dieron el alta esa noche para llevársela a ella. A la mañana siguiente la vi en una sala con otros recién nacidos y pude tocarla y amamantarla. Tres días estuvo hospitalizada, la fiebre bajaba y bajaba y la vi sana y fuerte en mis visitas. Un virus, me explicaron, en un par de días podría dejar el hospital. Cuando fui a visitarla el sábado estaba en rayos y no pude verla. Ahí detuve mis recuerdos. ¿Para qué las radiografías si sólo tuvo un virus? Que sus pulmones podrían haberse afectado con la fiebre, era bueno revisarla antes de darle el alta. En ese momento agradecí que el hospital se preocupara tanto, las colas en rayos eran largas. Me sentí en privilegio, la loca del privilegio, la loca, la loca. Recién sentada bajo la palma de mi jardín me pregunté si el día de las supuestas radiografías no la tendrían ya en otro lugar, preparando la entrega.

La última vez que la vi, aquel viernes, le prometí traerle un nombre en mi próxima visita. (Todavía no nos poníamos de acuerdo entre los que habíamos elegido.) Yo sé que ella lo entendió, sé que sus ojos me vieron, lo sé porque sí, porque la parí. Y le conté, por si no lo sabía, que sus manitas eran tibias y que me gustaban tanto.

Muchos días estuve callada y pensando y recordando. Me portaba bien para no alertar al marido. Veía a la niña sin cesar, a veces sobre la cama, otras

en el patio, desnuda. No alcancé a ponerle su ropi-
ta, estaba helada. Trataba de hacerla entrar en calor
pero se me desaparecía. Entonces rogaba desesperada para recuperar el delirio y volver a tocarla.

A escondidas, visité a una adivina en un caserío
cerca del pueblo. Tenía casi cien años y lo veía todo
a través de las hojas del té. Me mordía los labios
cuando por fin me senté a su mesa. De antemano
prometí que si ella la veía muerta, me quedaría
tranquila. Luego de un largo silencio me dedicó
una sonrisa pequeña sin un solo diente, y con un
manojo de huesos tomó la mano mía. La niña vive,
dijo bajito. Me habló de una cuna con velos, de una
mujer clara que le cuidaba el sueño. La vio sana.
Vive en una casa muy grande, me dijo, debe de ser
gente rica. Le pedí la descripción de la casa y el barrio para ir a buscarla. Sólo vio ladrillos rojos, un
jardín inmenso y unas ventanas blancas. Nada más.
Salí a buscar. Ni miré el pueblo, no valía la pena.
Me fui a la ciudad de mis pesares, tal vez cerca del
hospital. Por días y días salía el marido a trabajar y
detracito partía yo. ¡Cuántos buses tomé, mamacita!
Llegué a conocer metro a metro la asquerosa ciudad esa. Y sus alrededores. Cada suburbio. Nada. Ni
ladrillos rojos, ni ventanas blancas ni jardín inmenso. Volví a la adivina. Por segunda vez miró las hojas

18

y por segunda vez apareció la casa. La misma descripción, ningún dato nuevo. ¿Y no se te ha pasado por la mente, chiquilla, que esta casa puede estar en la capital, o tal vez en el extranjero? Con su voz bajita agregó, no sigas, mujer, es el destino.

Fui a la policía y puse una denuncia por secuestro. Esa misma noche llegaron dos agentes a mi casa para que la ratificara. El marido les mostró el certificado de defunción y a la mañana siguiente me mandó al campo, donde mis padres. Estaba descontrolada: ésa fue la sentencia.

2

Ser pobre es tantas cosas además de la falta de dinero. Me lo enseñó mi padre en la infancia y lo repitió ahora. Ni él ni mi madre creyeron que estaba loca, ni siquiera errada. No sería la primera vez que a una mujer sin recursos la dejan sin el cadáver de su bebé. Eso dijo mi papá. ¡Ay, si lo hubiese escuchado el marido mío! Pero él nació en la ciudad, no era campesino como yo, creía en otras cosas.

Durante mi embarazo le hablé mucho a la niña. Lo había leído en una revista en el consultorio. Para que no se asustara al nacer, que reconociera algo, aunque sólo fuera mi voz dentro de ese mundo nuevo.

Mi mamá hablaba con las aves y con los animales que estaban a su cargo, no con nosotros. Era cariñosa, pero en silencio. Sin dispendio. De pequeña, me gustaba mi mamá. Rechazaba la injusticia. Si había un pan, se repartía, nada de favoritismos. En eso se diferenciaba de otras mujeres de campo. Mi papá alegaba poco porque ella no le aguantaba. Una vez mataron una gallina y él quería un pedazo grande. El que se rompe la espalda soy yo, me lo merezco, dijo. Ella no respondió, sirvió una presa a cada hijo y luego le pasó la olla. Ni siquiera al plato. Nadie dijo nada, tampoco él. Mis hermanos la respetaban. Cruzaron la frontera durante la crisis y siguieron cruzando fronteras y no volvieron. Le envían dinero. Ella no se queja por no verlos, agradece que estén vivos.

Yo salí habladora, desde chiquita preguntaba todo. Siempre pedía explicaciones y era buena para la risa. Mis hermanos ponían mala cara. Como a mis padres, les gustaba el silencio. Fui la única que terminó la escuela primaria porque no necesité ganar plata temprano. Y porque no deseaba ser analfabeta como mi madre. Las letras me gustaban. A, e, i, o, u, bailaban las vocales por horas en mi garganta. Y más adelante fueron las palabras. Descubrí que usar las palabras era como coser a ciegas, por eso me enamoré de ellas y ellas de mí. Hilos con sonido. Pasaba tantos ratos a solas, me acostumbré al cuaderno, en la mesa de la cocina. Copiaba letras, palabras, más tarde frases enteras. Volvía a escribirlas una y otra vez, hasta que me quedaran bonitas. No me fue fácil, me esforcé mucho. Si todas las mujeres que vinieron antes de una en el tiempo no leyeron ni escribieron, resulta forastero. Los dedos se me encrespaban como si insistieran en ser los dedos de mi madre, de mi abuela, de mi bisabuela. Está en la sangre, dicen.

Vivíamos muy solos, una que otra casa a kilómetros. Mi padre veía a sus compañeros de trabajo en los potreros, nosotros no. A veces pasábamos semanas sin ver a nadie. ¿De dónde salí tan sociable yo? Quizá fue la escuela. Caminaba una hora de ida y otra de vuelta cada día. Cuando lo hacía acompañada, no me paraba la lengua. En las tardes me unía a mis hermanos en los juegos o en los trabajos para la casa. Me incluían a regañadientes, sin hablarme ni tomarme en cuenta. Como se hace con un perro sin amo que los sigue. A cambio, trataba de no hacerme notar. Pero siempre hablé de más y ellos me acallaron. Sin embargo, sabían cuidarme. Me ayudaban a cruzar el arroyo o a escalar una cerca. Me defendían de lo que fuera, una fiera o un hombre. Recuerdo algunas noches en mi cama —ellos dormían de a dos, en cambio, yo tenía toda una cama para mí— pensaba ¡qué buena cosa esta de haber nacido mujer! Juzgaba que mi vida era mejor que la de ellos. Pero no lo decía en voz alta.

Al crecer ya no me integraban en sus correrías. Se hicieron grandes también ellos y los ganó el trabajo de la hacienda. No alcancé a verme abandonada, me absorbía la escuela y las labores de la casa y el huerto. Fuera como fuera, debían suplirse las manos que salían al potrero. Un día se marcharon, escapando de la policía que recorría de noche los campos buscando insurgentes. Mi alivio fue mayor que mi pena: estaban a salvo. Aquellas horas, las primeras sin ellos, veía todo distorsionado. Las vacas, los pájaros, los perros, hasta las aguas me parecían de piedra, congeladas. Poco a poco entraron en movimiento. Mi padre les advirtió que no se metieran en líos. Pero en ellos primaba el orgullo de mi madre. Los aprobaba en silencio.

Un verano apareció en las misiones un cura nuevo, bastante joven. Estábamos acostumbrados a los curas pero éste era diferente. A mí me gustaba andar cerca de él pero me dijeron que eso era pecado y dejé de hacerlo. A diferencia de los anteriores, él no hablaba de la culpa ni del infierno. Le gustaba más contarnos cómo era el mundo que no conocíamos. Hablaba de los derechos de los campesinos. Mi padre escuchaba, ceñudo. Una noche, mi madre —que nunca tomaba la palabra— le contó al cura que a su abuelo lo habían colgado de un árbol delante de todos, ella lo vio con sus propios ojos, por armar discordia con el patrón. Fue todo lo que dijo. Supuse que el orgullo es cosa de la sangre y en mis hermanos, pura herencia.

Mi padre, en cambio, parecía un árbol grueso. Amaba su vida, simple como era. Le gustaba su trabajo, su familia, su casa. No se quejaba. De niña me sentaba en sus rodillas y cuando volvía del trabajo tocaba la armónica mientras se ponía el sol, deteniendo la luz con sus notas musicales. Convencido de que el cielo esperaría su tonada antes de mancharse. Sabía historias terribles, de hombres espeluznantes, de crímenes tremendos. ¡Cómo nos gustaba oírlo y morirnos de miedo! No hacía mayores diferencias conmigo. Desde la cuna me enseñó a tener fuerza. Dejé de llorar siendo muy pequeña, nadie estaba para llantos en mi hogar. Ni cerquita del río ni en las noches de tormenta.

Cerca de nuestra casa vivía un árbol al que le llamaban El de las Verdades. Era tan alto como el firmamento y sus ramas se enlazaban entre ellas como serpentinas gruesas. Las hojas, esmeraldas grandotas, sumaban miles y miles y miles. Contaba la leyenda que si alguien mentía bajo su tronco surgía un poderoso viento y, enojadas, las hojas se alborotaban. Una vez robé el pan de la mañana a mi hermano, lo hice por hambre y por venganza, porque no me permitió asistir al parto de la oveja grande. Enfadado, me delató. Sostuve que el mentiroso era mi hermano. Entre mi padre y él me tomaron en brazos y me sentaron bajo el tronco de aquel árbol. ¿Robaste el pan a tu hermano? Contesté: no he robado nada. Y empezaron a moverse las ramas, hoja por hoja traicionándome. Ante tal respuesta de la naturaleza, estallé en llanto y confesé. Durante tres días hube de entregar mi pan. Fue la última vez que lloré de niña.

Ahora, de vuelta a casa, me encaminé al árbol. Como si pudiera tocarla a la niña de entonces, la antigua robona. La olía a ella y a su inocencia. Quise averiguar cuántas capas de piel habrían de mudarse antes de morir. Tamaño esfuerzo la adultez.

Una tarde observé a mi madre en el fogón mientras revolvía las brasas. Me vino la idea de que no nos conocíamos. Ella vio morir a tres de sus hijos antes del año. Paría en la casa, como las yeguas en el establo o las cabras en el monte. En aquellos tiempos, si los niños enfermaban, con suerte eran atendidos una vez al año por un doctor. Si eran sanos, nunca. La muerte de los hijos es de las madres, me dijo. Cuando murieron los míos, tu padre gastó parte de la cosecha en el funeral que yo deseaba. Les tejí sus ropas y elegí el ataúd, compré las flores y pedí al cura. Porque tu papá entendió que a esa edad los angelitos son de una y sólo una sabe perderlos.

También me dijo: Los ricos hacen lo que quieren. Fue su única alusión al futuro. A cualquier posible futuro de mi niña.

Durante una jornada de sol cegador, acompañé a mi madre a la barraca donde guardaba el grano. La miré llevar a cabo su gesto eterno, el de subir los pliegues de su delantal para convertirlo en canasto. El delantal amarrado a la cintura, pequeñas flores amontonadas, desteñidas desde siempre las lilas y las rosas, era el mismo de mi infancia. Seguí mirando, me conmovió su vestido —abotonado desde el cuello a los pies— de un color incierto, un poco café, un poco gris, como un ratón. Conservaba su trenza negra, quizá más delgada que antaño, con algunas mechas grises en las sienes. Pensé que, sacudido el afecto, las madres y las hijas nunca se conocen demasiado. Me llegó a dar vergüenza todo lo que ella desconocía de mí. Me pregunté si habría tenido otro hombre que no fuera mi padre. ¡Yo tuve tantos!

Cuando mis hermanos escaparon de la justicia, me mandaron a la ciudad con unos familiares. Para que empezara a trabajar. (Para que estuviera segura, creo yo, aunque no lo dijeron.) Era un pequeño comedero que alimentaba a los hombres de los camiones que transitaban por un camino secundario. Me gustó el trabajo y la gente. Comencé a aprender del mundo. De alguna forma, sabía que gustaba a los hombres. Quizá era mi alegría. Cambié la virginidad por goces invencibles y un sosiego caliente. Me llevaban de paseo, conocí tiendas, el cine, los salones de baile, otras ciudades cercanas. Me querían bien y yo caminaba en la luz. Hasta que me iluminé de veras.

3

Uno de los novios me consiguió el traslado. Desde el comedero del camino secundario a la carretera principal. Un restaurante bueno. Otro universo, otras gentes.

Llegó una noche a cenar. Traía un libro en la mano. Se sentó a una de mis mesas. Leyó durante toda la hora de la comida. Buen mozo como un actor de películas, se notaba desde lejos que era un señorito de la ciudad. Me miraba entre página y página. Me miraba, sí, pero mudo. Sólo ordenar y pedir la cuenta y mi vista fija en esos ojos preciosamente verdes. Esperaba cada noche y a veces llegaba. Al cabo de unas semanas le hablé yo. Le pedí un libro prestado. Le conté que nunca había leído uno entero. Me trajo unos relatos. Luego otro y otro más. Diluvios eternos, generales fracasados, casas tomadas, crímenes en la selva. Cualquier duda se la preguntaba. Cuando olvidaba detalles me decía que no tenía ninguna importancia. Que era la sensación lo que permanecía. La lectura era un cúmulo de sensaciones, entendí yo. La vida se me dividió en dos. Las horas diurnas: el restaurante, la prima de mi mamá, los recuerdos del campo. Y las horas de la noche, las de los cuentos. Otros hombres y mujeres, otros países, otras muertes. Sin moverme de la cama. Inofensiva, entregada, protegida, volaba hacia la aventura. Hacia el riesgo y la intemperie. Como un regalo, un suplemento. Cuando se lo dije, me pasó una novela. Ese día caminó a casa conmigo.

Entre una novela y otra me habló del continente, de sus maravillas y sus miserias. Yo le hacía preguntas y pedía perdón por mi ignorancia. Él gozaba mi curiosidad. Le pregunté si era profesor, por esta paciencia que tenía. Me dijo que no.

Aprendía de Simón Bolívar y nada de su cuerpo.

Una tarde llegó con un regalo: un televisor. Para que viera la serie que empezaba ese día. Sobre la historia de la conquista, me dijo. Le pregunté si podría ver España. Sí, la España de hace siglos, sonrió. Pero también tu tierra, cuando era virgen. Y la vi enterita. Con él a mi lado, todos los jueves. Aprovechaba los comerciales para hablarle. El restaurante aumentó la clientela y subió de nivel con la tele. Noticias, fútbol, dio para todos.

Era graduado en filosofía. Le pregunté para qué servía eso. Para nada, me respondió. Ahora se concentraba en su tesis doctoral, por eso tanta soledad en la casita al lado de la carretera. Venía de la capital. Vivió largamente postrado, una enfermedad en la infancia. De entonces tanta lectura. Conoció el mundo por la ventana. Necesitaba del silencio como otros del alcohol. A veces parecía un niño abandonado. Le gustaba mi risa. Nunca me tocaba. ¡Tanto anhelo mío, mamacita! Hasta que un día me anunció que debía ausentarse. A la capital. Me vas a hacer falta, dijo. Y al despedirse, asegurando que volvía, agregó: me haces muy feliz. Fueron treinta días y más en los que me repetí esa frase, esas sílabas, enlazadas entre ellas por tanta saliva. Me haces muy feliz. Cuatro palabras. Quince letras. La inmensidad.

Volvió sin aviso. Entró en el comedor una noche y unidos lo abandonamos, acoplados los cuerpos, bien empalmados. Marcándolos de amor. Dormimos en su casita de campo al lado de la carretera. La alegría, ululando como una sirena, arrasaba con nosotros. A partir de entonces, como a los volantines su cola, a cada amor le colgaba su noche. No supe de levantadas cuando el sudor aún no se enfría. Tendidos en la cama, nos contábamos historias. Como a las amigas que aún no tenía. Lo llamaba mi príncipe.

Mis hermanos se bañaban desnudos en los ríos y arroyos mientras buscábamos leña, arreábamos las cabras o recogíamos grano. Desde pequeña los comprobé distintos a mí. Sin una sola imagen del cuerpo de mi madre, me parecían bonitos mis hermanos. Una vez quise tocarle su cosa a uno de ellos, pero él me empujó acusándome de degenerada. Mi hermano mayor, en cambio, dijo que era correcto, que aprendiera desde chica, nada de mujeres asustadas de los hombres. Me prestó el suyo. Al tacto era más blando que lo imaginado por la vista. Me gustó. Pero de repente se puso grande y duro en mis manos y lo solté asustada. Todos se largaron a reír. Así es cuando el hombre está en celo, me dijo, para que lo sepas.

De a poco descubrí que sus invitaciones tenían un cierto patrón. No eran impulsivas ni casuales. Nunca un lunes, nunca un viernes. Una noche encontré platos sucios en el lavadero. También un cenicero repleto de colillas y él no fumaba. Le pregunté si tenía otra mujer. No es lo que tú crees, confía en mí. Como no deseaba tiznar la alegría, no hice más preguntas. Pero la segunda vez que se repitió esta escena, a la vuelta de una noche de lunes, aunque no dije nada, él se percató. Culpa de una mirada mía más intensa o de algún ademán ansioso, no lo sé bien, pero me dijo: Me falta el aliento vital, mujer, y sólo tú me lo procuras. No lo olvides. Aquí no hay nadie más que tú. Entonces los sonidos del amanecer volvieron a ser únicos. Y me dijo, despacito: deja que sólo el canto del gallo rompa esta cualidad difusa; si ni los pájaros desean la estridencia, menos debieras desearla tú.

Nuestros amores fueron como los misterios del rosario: gloriosos, gozosos y, cómo no, dolorosos.

Un día hablamos de la rabia. Tú la desconoces, me dijo. ¿Y por qué habría de conocerla? Por ser pobre, me contestó, por ser mujer, por todas las injusticias... Ésas serán tus amigas universitarias, me mofé, no yo.

Algo me decía que teníamos los días contados. Pero no abrí la boca; que los contara él. Mientras tanto, amaba cada momento de la existencia con enorme sinceridad. La vida más tarde me deparó muchos cielos, pero aquél fue el único paraíso. Hasta que, a mi pesar, sus puertas se cerraron. Ya saben, si algo distingue al paraíso es que en algún momento deja de serlo, todos somos expulsados de allí, tarde o temprano.

Partió. No más casa en el campo, no más tibieza en la noche. Una misión, me dijo. Le ofrecí mi compañía. No debo tener ataduras, respondió, ¡somos tan vulnerables a nuestros deseos! Pasaré de ser un hombre reflexivo a un hombre de acción.

Tal acción me excluía.

Me quedé sin él. Se preguntarán si me rompí en dos. Si me traspasó el puñal del dolor. No. Su ausencia fue enorme, enorme, sin embargo, algo extraño reemplazó al tormento. Estaba llena, como la luna. Locamente atada a la existencia. Nada me arrebataría aquello. Era una mujer amada. Sabía que tarde o temprano la vida me mostraría su avaricia, pero confiaba en las reservas que el amor me había dejado.

Cambié de trabajo. Tenía los pies cansados. Y necesitaba un aire nuevo. Tranquilita y sentada. Me fui a una tienda donde todo era lindo. Agujas, hilos, botones de perla, encajes, borlas de colores, tiras bordadas, palillos. Nada tan pulcro, sólo un pequeño comercio de barrio. Era fragante. Es que no se tejía con maíz frito ni con ajo ni con cebolla. Su dueña, una viejecita buena persona, se había quebrado la cadera. Inmóvil en la caja, yo vendía. Tres años estuve a su lado y la convertí en una abuela postiza. Sólo partí de allí para casarme.

Sin enfado respiraba cada mañana. Trabajaba y también reía. Pero los hombres, oh, los hombres: bandadas de pájaros iguales. Toda pasión agotada. Me puse casera. A veces me quedaba en casa de mi vieja. Ella había cosido para familias ricas durante treinta años. Tenía historias de nunca acabar. Atisbé otras existencias, otras mujeres. Escucharla era mejor que las novelas de la tele. Así comencé a saber de los ricos y sus costumbres. Me los imaginé. Había algo en ellos que me parecía insultante. Claro, algunos eran sólo ostentosos y ésos dolían menos. Recién entonces caí en cuenta de que el mundo era duro. Era muy duro.

Y fue esa dureza la que me obligó a tomar una decisión: terminaría mis estudios. Como fuera. De noche, aunque nunca más durmiera. Así estudié la secundaria, con enormes sacrificios. Trabajaba durante el día, partía corriendo a clases y de noche estudiaba. La abuela me ayudaba, hacíamos juntas las tareas cuando la tienda se quedaba sin clientes. Entré a un plan especial para trabajadores donde se hacían dos años en uno. No veía a nadie, no salía más que de vez en cuando, aislados mis cuadernos y yo. No pienso hacerme pasar por alguien que no soy: les confieso que las vi verdes. Me costó. Lo único que me salía fácil era la gramática. Todo lo demás me hacía sudar, especialmente la química y la física. La historia me gustó. También el pedacito de filosofía que pasamos, era una forma tan digna de recordar a mi príncipe. Así, al cabo de setecientos veinticuatro días, recibí mi diploma, ¡qué orgullo, mamacita! Pasaba a ser una mujer educada, quizá la única campesina de todas las hectáreas de la hacienda. Hicimos una fiesta con la abuela para celebrarlo. (Y fue allí donde conocí al hombre con el que me casaría.) Corrí al campo a mostrarlo, toda la familia debía regocijarse conmigo. Y mi felicidad fue aún mayor cuando me enteré de que grandes poetas no habían llegado a la universidad: esos grandes poetas tenían el mismo nivel de educación que yo. (Más tarde, ya casada, pensé: ¿y de qué me sirvió tanto esfuerzo?, ¿cómo es la cosa?, ¿son los estudios o las oportunidades las que faltan? Fue sólo en mi segunda vida —para la que aún faltaba un poco— que los estudios se vieron recompensados.)

Y a propósito de los amores: un cierto tipo de olvido es inevitable. Cuando se es joven, al margen de la voluntad, los huesos se recomponen. La carne sale del fango y se alienta. Recuperé mi donaire y volví a bailar como un demonio hasta el alba.

4

Desperté a la realidad y miré a mi madre en el fogón. Se afanaba con el pan y las tortillas. Le dije: mamá, tuve un amor antes de casarme. Me miró seria. Guárdalo para tus sueños, no para tu madre, me respondió.

Cuando mis hermanos y yo éramos pequeños, ella nos enseñó que los sueños debían recordarse para que no quedaran dentro del corazón formando nudos que luego provocarían dolor. Uno de mis hermanos tenía unas pesadillas horribles. Cuando gritaba dormido en la oscuridad, mi madre nos despertaba a todos y nos daba infusiones de hierbas mientras él contaba lo que había soñado. Funcionaba como una sanación. De tanto hablar de los sueños, no fue más acosado por las pesadillas. Más tarde aprendí que una parte escondida de nuestra cabeza acumula recuerdos y los transforma, como en una obra de teatro se transforman los actores.

Volví a soñar esos días en mi cama de la infancia. Celebrábamos una fiesta en el campo. Una trilla: los caballos, el trigo, la era, las máquinas trilladoras, la música en la radio a todo volumen. Yo era pequeña y quería bailar pero nadie bailaba conmigo. De repente, se me instaló la rama florida de un árbol entre los brazos y me llevó por los campos bailando. Luego se convertía en un animal raro, después en muchos animales, uno tras otro me guiaban bailando y hasta hoy recuerdo la felicidad de ese momento. Confusamente me conducían ante un grupo de personas, todas formadas frente a mí. Era un verdadero tribunal, gentes de todas edades y colores. Adelante se sentaban unos viejos muy viejos y hostiles que me miraban mal. Nadie me conocía, nadie me defendía de las acusaciones. Alguien me acusaba de puta y yo lloraba porque me querían condenar a muerte. Apareció entonces una mujer rubia, me tomó en sus brazos salvadores para luego tirarme por un precipicio largo y nublado. Mientras caía lentamente desperté.

Mucho tiempo después comenté con un médico este sueño. Me habló en difícil —culpas sexuales, odio de clases—, mucha palabrería. Pero yo tenía otra idea, que nacía del sabor que me dejó el sueño: mi nostalgia por el campo perdido. Siempre vi la ciudad como un abismo. Es cierto que, al contar un sueño, no se habla de sus sabores, de la parte de la lengua donde se posan los sueños al despertar. También es cierto que una se enamora del que no debe. El doctor sabía del alma de la gente y yo apenas de la mía. Pero cuando se es campesina como yo lo soy, la gente de la ciudad no imagina los silencios y los olores y los sabores de la mañana y el calor del mediodía y los potreros enormes y su sensación de infinito. Se lo dije entonces al doctor: si usted quiere entender esta tierra, tiene que vivir y conocer el campo. Porque de ahí venimos todos. Ahí nada es igual porque todo es distinto, nada más. Seguro que el doctor me encontró tonta. Es que sus palabras no me conmovían porque se estrellaban contra mis propias imágenes, tan arraigadas desde siempre en las pupilas.

Lo único que de verdad conozco es la tierra que me vio nacer.

II

OLIVIA

1

Al cabo de un tiempo, hube de dejar el campo. Volví al pueblo, sólo porque había que volver, porque el marido me quería en casa. Con la vista fija en el sendero de polvo que me alejaba pensé que mi único deseo era revolcarme en la tierra como esa gata fresca, la de mi madre, rascándose con las raíces del árbol, el de la esquina del huerto. Sentí que dependía de la naturaleza, que en sus manos estaba desentrañar mi humilde existencia.

Mi actividad durante el embarazo consistió en cuidar a un par de mellizos en una casa grande a la salida del pueblo. Luego, cuando ya estaba muy gorda y pesada, ayudé a mi cuñado en su negocio de zapatos, un remendero. Para eso terminé la secundaria, dirán. Me lo dije a mí misma cuando volvía en el bus, a medida que se levantaba el polvo del camino. Nunca más, me repetía: nunca más. No quería volver atrás. Si ya no tenía el vientre ocupado, mejor me mataba trabajando, que para eso soy buena. Pero haría del *trabajar* algo contundente.

Pensaron en el pueblo que iba a quedarme tranquila. Yo no quería más hijos, más sexo, más casa, más nada. Apenas mantenerla limpia y cocinar caliente una vez al día. Simultáneamente mansa y loca, mi *tranquilidad* consistía en lo siguiente: cada mañana, sin que el marido se enterase, cocinaba en mi casa pastelillos baratos, hacía litros de café y con el termo y el canasto partía en el autobús. Como un centinela me paraba frente al hospital a las tres de la tarde: la hora del cambio de turno. Fui haciendo amistad con las mujeres de allí, algunas jóvenes como yo, otras viejas como mi mamacita, todas trabajadoras del lugar. Enfermeras, auxiliares, aseadoras. Quería ganarme su confianza para luego investigar mi caso. Alguien debía de saber *algo*.

Claro que eran ajetreados mis días. Viajes de acá para allá vuelta para acá. Me informé en la municipalidad de cuanta fundación u organización en defensa del niño existía. Las recorrí una a una, la ciudad al lado de mi pueblo —a la que no me gustaba ir— y las demás. Gastaba cantidades de dinero en locomoción, debí visitar a mi abuela postiza y hacerla mi cómplice. Ella me pasaba las monedas, nadie se enteraba. Así emprendí el camino, a la gloria y al calvario, de vuelta a la gloria, siempre en movimiento continuo, como el azar, como la vida.

Me valió ser inteligente y avispada desde chica: concluí muy pronto que había dos caminos para mi niña. O fue entregada en adopción o la vendieron para tráfico de órganos. Supe de las redes de países ricos que roban niños en los países pobres. Los nuestros se prestan para ello, pagan bien. Y es fácil: tanta parturienta ignorante en hospitales perdidos, ¿por qué no?

Pero no fue mi buena cabeza sino la fortuna quien me encaminó a aquella ONG —una de las tantas a las que me condujo la ansiedad de información— donde un ángel de la guarda vino a acompañarme porque estaba yo muy sola.

Tomaba un tecito —alguna alma buena me lo había brindado porque andaba un poco mareada— cuando entró al local una mujer que parecía afuerina. Se la notaba apurada, sin mirar ni a derecha ni a izquierda, y calzaba zapatos de taco alto, los que usan las personas que no andan por la calle. En un determinado momento, al cruzar el pasillo justo frente a mí, se tropezó con un ladrillo que sobresalía en el piso y se vino abajo. Fue una caída suave, no sé cómo lo logró, adelantando quizá un brazo para protegerse. De inmediato acudí en su ayuda. Enderezando el cuerpo, me miró, luego miró enojada el taco roto de su zapato. Mierda, dijo y repitió con más énfasis, ¡mierda! No sabía qué hacer o cómo seguir su camino. Por puro atenderla, ofrecí arreglárselo. Había aprendido un par de cosas con mi cuñado zapatero. La mujer me alargó el dinero y en un santiamén volví con el pegamento, lo vendían ahí mismo, en una esquina de la plaza. Mientras esperábamos que pegara, iniciamos conversación. Era abogada, trabajaba en una empresa importante, vivía en la capital y era soltera. Todo eso lo supe en pocos minutos. Siendo mujer tan alta, seguro que nunca encontró un hombre de ese tamaño para casarse. No daba la impresión de ser una persona en extremo amable, como si no estuviera dispuesta a perder tiempo en fruslerías, nada alambicada y su voz un poco ronca. Se interesó de inmediato por mi caso. Al partir, con el zapato bien puesto, me dio su teléfono. Y casi corriendo, ya en la puerta, me dijo: ¡Ah! lo olvidaba: me llamo Olivia.

Un lunes cualquiera, mientras vendía mis pastelillos a la salida del hospital, vi salir de sus puertas a una pareja que lloraba. Los hombros de la mujer, un despojo. Se alzaban muy tensos y bajaban con brusquedad. Le entregaba al cuerpo todito el espasmo hasta dejarlo arrastrado. El llanto del hombre era seco: desembocado pero sin lágrimas. Inventaba para su brazo una fuerza eléctrica que protegiera a su pareja. Sin soltarla. El corazón mismo me hizo ir donde ellos. Su hijo de un mes acababa de morir. Ante la ausencia de sus padres, lo incineraron. Historia conocida. Vivían lejos, no podían acercarse cada día al hospital. Al menos les dieron una caja con cenizas. La sospecha ya los cercaba sin necesidad de agregar la mía. Les invité a café de mi termo y nos sentamos en un banco de la plaza. Eran gente despierta. Y agrandaban los ojos cuando había que hacerlo. El nombre de la mujer era Jesusa. Acordamos encontrarnos allí mismo dentro de cinco días. Por primera vez supe hacer algo concreto: llamé a la del zapato roto.

En el día convenido, aparecimos Olivia y yo. Al saludarnos, levantó un pie, ¿viste?, me dijo y rió enseñándome la suela lisa. Sin tacones esta vez, llegaba cargada de papeles y estadísticas. Todo el *supuesto* historial del hospital. Número de niños muertos, diagnósticos en los certificados de defunción, entregas de cadáveres, entregas de cenizas. Me admiró su eficiencia. Nos fuimos a un café —ya no sentados en un banco de la plaza— junto a la otra pareja y los cuatro urdimos un plan.

Esa misma mañana crucé las puertas del hospital para hablar con una de las auxiliares, una mujer joven, gozadora de mis pastelillos. Ésta fue la historia que conté: venía de parte de mi patrona, una señora rica y anónima de la capital, tras un hijo que pareciera suyo, sin adopciones, sin papeles y con mucho dinero (la cifra me la dio Olivia). Si alguien consiguiera hacer la gestión, obtendría una comisión importante.

Sentadas en el mismo café, saboreando una buena comida, esperamos la entrada del próximo turno, el de la noche. Me complicaba el horario. ¿Qué decirle al marido por llegar tan tarde? Yo te iré a dejar, a las seis aún no habrá oscurecido. La voz de Olivia era segura. ¡Y me hacía tanta falta una seguridad! Me di cuenta entonces de cuánto había trabajado, sola mi alma, persiguiendo verdades y lo agotada que estaba.

Entré al subterráneo a la hora convenida. Llevé hacia un rincón a una aseadora del turno de noche, también amiga de mis pasteles. Trabajaba en la morgue, en la sección limpieza de cadáveres. Esta vez yo venía de parte de un señor, siempre de la capital, que necesitaba unos órganos. Un hígado y un riñón. Pagaba extremadamente bien. Tal como en la mañana con la auxiliar, me miró como si le hablara en otro idioma. Parecían de verdad no saber nada. Prometió averiguar. Dejamos el teléfono particular de Olivia para cualquier aviso.

Ya en el auto, camino a mi pueblo, pregunté a Olivia por qué lo hacía. Conviene destapar cualquier tema que haga al país más decente, respondió, agregando, mientras encendía un cigarrillo, los países pobres somos además corruptibles y la corrupción es la enemiga mortal del desarrollo. No entendí demasiado el significado de las palabras pero reconocí el tono. Y el lenguaje. Pensé en mi príncipe. (La verdad es que Olivia siempre me lo recordaba.) Pudor me daba que gastara tiempo en mí y se lo confesé. No es por ti, mujer, es por todas las personas como tú, es por mi país en el que invierto tiempo. Calladamente me pregunté: de haber tenido su educación, ¿sería yo como ella?

Esa noche tuve sueños largos. Aparecía mi niña, no dejaba de aparecer mi niña, celeste y divina ella. Pero algunas imágenes me aterraron. La veía a punto de caer, parada en el borde de un acantilado. La veía tendida en una cama llena de sombras con un padre adoptivo tocándola. La veía una mañana desnuda, una de esas mañanas con cara de agua sucia, desnuda ella en el barro y temblando por el frío. Apiádate de ella, rogué al que me escuchara, apiádate de mí. Cuando aparece el color marrón se sabe que la muerte acecha. Si el marrón se enturbia y se convierte casi en negro, galopando viene la muerte. Como todo, ella tiene su propio color. Pensé, ya despierta, en la blusa celeste nube que usaba Jesusa a la salida del hospital cuando lloraba la pérdida de su hijo. Pensé en lo terrible que sería para ella, vestida de celeste, enfrentar el fallecimiento de su bebé. El color de las nubes nada tiene que ver con la muerte.

La mañana era lacia. Habíamos celebrado el cumpleaños de mi suegra la noche anterior. Dormitábamos trasnochados como un par de enredaderas flojas. El marido había tomado mucho. Le dio con ponerse cariñoso y se lo permití. Después tuve pesadillas espantosas de que paría un hijo cerdo. Debilucha del corazón andaba yo ese día. Mientras me compadecía tocó a la puerta la chiquilla del carnicero —la que tomaba los recados telefónicos— para avisarme de que Olivia había llamado. Era la seña.

Salté de la cama como si un perro bravo me persiguiera, olvidando todo padecer. A la hora en punto me encontraba al frente de la puerta del hospital, sin pastelillos porque no alcancé a hacerlos, pero con el termo lleno de café bien cargado. Muy pronto se me acercó la auxiliar del turno de la mañana. La primera respuesta la obtuvimos por la adopción. Tenías razón, existe una manera de hacer pasar a los recién nacidos por muertos. Así me lo dijo, tal cual. Y siguió hablando en voz bajita, como debe hacerse en una conspiración, una horrorosa palabra tras otra, como esos libros que enseñan el alfabeto: letras rígidas, frases negras y entrecortadas.

Tenemos una mujercita de cinco días.

Su madre no se dará cuenta.

Es pobre e ignorante.

Eso dicen los que saben.

Piden mucho dinero.

Mucha gente involucrada.

Que tu patrona se apure.

El corazón me dio tres vueltas. Una por la rabia, otra por el miedo y la tercera por la pena. Vomité en el taxi camino a la oficina —la misma ONG del primer día— donde me esperaba Olivia. Mujer ignorante, ésa soy yo, mujer tonta a la que pueden darle por muerta a su hija, mujer pobre y tonta e ignorante, por eso no tengo a mi niña, mujer pobre y tonta, pobre y tonta, más arcadas, más náuseas, más pena de haber nacido pobre y tonta. Sentí sus manos calentitas que nunca más tocaría. Al bajar del taxi, se abrió el termo que llevaba y el café se derramó. La vereda y yo quedamos manchadas, corría por mi ropa, por mis piernas. Miré cómo poco a poco todo adquiría ese color marrón oscuro. Ya saben, *ese* color.

Al margen de mis deseos, aquel día la vida se organizó en mi cabeza. Hablo de la vida real. Ya sabía a qué atenerme: dentro del orden de las cosas, yo era una puntada suelta. Y me habían dejado fuera.

La voz conspirativa de la auxiliar frente a mi termo de café pasó a ser la semilla, y tres mujeres, Olivia, Jesusa y yo, que ya éramos organización sin saberlo, comenzamos el movimiento. Nuestro primer acto fue elegir cuatro hospitales de la zona —por supuesto, a los inicios no nos acercamos al mío— y pararnos muy erguidas las tres juntas frente a la maternidad con unos grandes carteles. Llamábamos a las madres a no perder de vista a sus hijos. Que se los podían robar. Que si morían, que exigieran el cadáver. Que nosotras ofrecíamos nuestra ayuda. Cada vez que la policía se hartaba, Olivia sacaba la voz y se las arreglaba con su jerga leguleya. Y también con su porte, creo yo. La ONG nos prestó una pequeña sala para funcionar y así pasé a tener, por primera vez en mi existencia, una oficina. La arreglamos a nuestro modo, siempre alguna flor silvestre en un vaso. Con esfuerzo, Jesusa y yo empezamos a ir todos los días a la ciudad. Dos o tres veces por semana llegaba alguien o llamaban para contar su cuento. Mientras un grupo de abogadas, amigas de Olivia, preparaban un juicio contra mi hospital, nosotras viajábamos a ciudades cercanas para manifestarnos en otras maternidades. Olivia no podía desatender a cada rato su trabajo en la capital por lo que nos enseñó a decir algunas cosas y terminamos por hacerlo solas.

La mayoría de las mujeres que comenzaron a llegar poco a poco a nuestra pequeña oficina no podían perdonar ni perdonarse. Se unieron a nosotras porque les hacía bien hablar y sacar la pena y la rabia. En el futuro llegamos a ser tantas porque nos habíamos unido para prevenir la pena ajena. Y para albergarla cuando ya era irremediable. Junto a ellas planeábamos nuevas acciones de investigación o denuncia. Nos gustaba reunirnos. Las mujeres pobres tienen pocas ocasiones de estar con otras conversando y haciendo cosas importantes. La amistad se daba sola, sin buscarla, parecía el resultado natural. Éramos todas solidarias de la misma causa. Olivia pasó a ser el ángel guardián que algún dios bueno nos envió para velar por nosotras. Todas las tardes, camino a casa, pensaba en una cosa: la educación. Aquélla era la gruesa línea que dividía al mundo, que determinaba nuestro pasado y el porvenir. Le puse color a esa línea en mi cabeza: la pinté de azul. Y las variaciones de ese azul contenían toda nuestra historia.

En el primer acto que organizamos, un acto pequeño, sólo entre nosotras, me pidieron que tomara la palabra. No titubeé en aclarar la verdad: Las cosas son como son y de nada sirve adornarlas. ¿Por qué vamos a contar el cuento de que somos mujeres sacrificadas? No, somos mujeres sufridas, digo yo, que no es lo mismo. Abusadas por los poderosos. Y aburridas de nuestras vidas pobres y sin destino, sin nada en que poner el alma que no sea la comida diaria o el trabajo del marido o la salud de los niños. No somos *mujeres buenas*, somos mujeres golpeadas por la vida, duramente golpeadas, y estamos enojadas. No podemos vivir con este enojo adentro porque vamos a explotar. Por eso debemos denunciar. Es por mí, dije casi en un grito, es por mí primero, luego por cada una de nosotras, y después, mucho después, por las demás.

Eres *hiperrealista*, me dijo más tarde Olivia.

Así fuimos creciendo y armando tal alboroto que con el tiempo nadie se atrevió a robar un bebé en el país. Sólo porque nosotras existíamos. Pero me estoy adelantando a los hechos. Debo tratar de ser *cronológica*, como cuando me enseñaron a escribir. Eran más y más las mujeres que se nos unían. A veces aparecía una extraviada, pobrecita, que nada tenía que ver con el movimiento y Olivia la descartaba (como en todo lugar que se precie, decía). La mayoría de ellas eran jóvenes asustadas que querían consejo antes de parir, primerizas casi todas. Les explicábamos qué decir a cada miembro del personal que las atendiera en el hospital para que las trataran de inmediato como personas. No como tontas ignorantes. Les advertíamos sobre la necesidad de estar alerta a cada movimiento en torno al bebé y el detalle de la *evolución del recién nacido*. Ya empleábamos términos técnicos para capacitar primerizas. Qué agradecidas se mostraban y con qué seguridad se enfrentaban a los que ostentaban más poder que ellas.

Olivia solía comentar que nunca conoció una mujer más empeñosa que yo. Que resultaba tan eficiente como ella, lo que era mucho decir. Nos reíamos las dos. Desde el trabajo y la risa surgió una amistad como nunca tuve. Tercas habían resultado mis relaciones con las mujeres. No tuve una hermana. En el campo casi no veía a gente de mi edad, las distancias eran insalvables. En el restaurante no nos daba el tiempo para intimar entre las meseras, siempre corríamos. En la paquetería trabajaba sola con la abuelita. En el pueblo las vecinas eran odiosas, incluso llegaron a acusarme de asesina.

Ya relaté que Olivia era una mujer de huesos largos. Se cortaba el pelo hasta el cuello para jugar con los mechones que caían, enrollándoselos por detrás de la oreja. Su color natural, castaño claro, se revolvía con unas pequeñas luces rubias, y falsas, por supuesto. Ante mi incomprensión, tardaba horas en la peluquería, para qué tanto afán si ni se le notaban. La considerábamos elegante pero ella lo negaba diciendo que teníamos pocos puntos de comparación. De todos modos a mí me lo parecía y sus gestos, dijera lo que dijera, expresaban distinción.

Cada vez que nos veíamos, observaba minuciosamente su ropa. Me daban curiosidad las mujeres de ese mundo. A veces me largaba a reír, ¿no te da vergüenza usar eso?, le preguntaba frente a unos pantalones más anchos que sus dos piernas juntas o a chalecos holgados que evidenciaban varias tallas más que la suya. Yo jamás me habría vestido con ropas de hombre, me gustaban tanto las líneas ceñidas y voluptuosas.

Olivia era hija única, quizá por eso tenía tanta ropa. Su padre había muerto diez años atrás y su madre vivía sola en un enorme caserón de la capital. Me fue difícil comprender que no viviera con ella, habiendo tanto espacio, pero su departamento de soltera era su chiche. Al terminar la carrera de Derecho partió a Estados Unidos a hacer un posgrado en una universidad importante, una con nombre difícil en inglés, y por esa razón le ofrecían buenos trabajos. Pero pocos novios, le decía yo.

Y hablando de novios, por fin tuve a quien contar la historia de mi gran amor. Nunca lo había hecho y al ponerla por vez primera en palabras, la sentí florida e inmensa. Le mostré esa cita que, escrita con su propia letra, había dejado olvidada en uno de los libros que me regaló.

¿De quién es ese fatal destino? ¡Creo que es mío!
¿Por qué mi corazón zozobra? ¿Por qué vacila mi lengua?

Si tres vidas tuviese las tres daría por la causa
Y me erguiría con los fantasmas sobre el reñido campo
[de batalla
¡Preparaos, preparaos!

WILLIAM BLAKE

No fue un abandono, concluyó muy convencida, él se fue por razones políticas, estoy casi segura que fue así; yo habría hecho lo mismo.

Y como ella decidió que yo era inteligente, empezó a enseñarme cosas. Lo primero fue la capital. Ay, mamacita, ¡que yo no podía creerlo! Estar parada en su centro era como pisar la luz. En el barrio cívico me pareció haber estado ya y recordé el serial de la tele, aquel de la conquista española y la colonia que vimos con el príncipe. Tomé el diccionario de Olivia, uno grande y grueso y milagroso, y escogí tres palabras. Majestuosa. Rutilante. Suntuosa. Así pude describir la capital de mi país.

(¿Para qué decir enorme si puedo decir inconmensurable? Así me enseñó Olivia a usar el diccionario.)

Luego vinieron las lecciones de escritura: cartas, memorandos, hasta discursos. Escribir mi historia, no, aquello no entró en tabla. Tal hazaña quedaba para las furias o para los espíritus benditos. Fueron tardes largas y aprovechadas. Le agradecí muchas veces a mi tenacidad infantil. A mi negativa de ser una analfabeta. Pobre mamacita mía, si me hubiesen robado al nacer, ¿qué habría hecho ella? Cuando le pedí a Olivia que me enseñara a vestir, se negó. Una cosa es crecer, me dijo, y otra es abandonar la identidad. Creo que la lección más difícil fue aprender a hablar en público. Tomar la voz entre mujeres como yo no me costaba, pero la primera vez que se habló de ir a la televisión o a una universidad, sentí el pavor instalarse como el celo en una gata. Olivia no cejaba. Vamos, mi Eliza Doolittle, me decía, contándome de una florista de los barrios bajos de Inglaterra que pasó a hablar como una princesa.

Y llegó el día en que debí asistir, en carne y hueso, a un programa de conversación en la tele. Mi presencia allí era importante para el movimiento y me querían *a mí*, no a otra. Como Olivia no desmayaba, me llevó a la capital con dos días de anticipación y me instaló en casa de su madre. Se había operado del estómago y guardaba cama absoluta. En esas condiciones la conocí. Sólo pude saludarla. Pero se notaba una anciana llena de fuerza que no pensaba despedirse aún de la vida. Y mientras daba vueltas por ese palacio, de habitación en habitación, me creía una heroína del cine. Olivia se consiguió una máquina filmadora y ensayábamos en un salón muy amplio del primer piso. Luego podía verme a mí misma en la película y detectar las fallas. Cuando decidimos que nos hacía falta una tercera persona, ya fuera para filmar o para actuar de entrevistadora, acudimos a Elvira, la enfermera de su mamá. La menciono porque más tarde adquiriría una imprevista relevancia en mi vida. Aunque mayor que nosotras, Elvira era mujer aún joven, probablemente se acercaba a los cuarenta. Enfermera de profesión —porque no le alcanzó el dinero para estudiar medicina— cuidaba de noche a la madre de Olivia, a quien conocía desde siempre pues una de sus obras de beneficiencia había sido costarle los estudios. Aunque a Elvira le pagaban sus servicios, su motor era el agradecimiento. Lamentablemente, su trabajo diurno era en el hospital psiquiátrico, donde no hay partos; hubiera resultado una buena informante. Pero volvamos a mis intentos de transformarme en una persona pública. Cuando la madre de Olivia dormía, Elvira bajaba al salón y jugaba a ser la entrevistadora. Hacía preguntas muy precisas, al hueso. Le sugerimos que cambiara la enfermería por el periodismo. A veces se me quebraba la voz cuando trataba de exponer una idea o la cabeza se me ponía en el más puro blanco. Dale, sigamos, decía Olivia despreocupada, ¿de dónde le nacía esa confianza en mí?

Partí a la tele preparada y con el miedo un poco disminuido por las prácticas, pero sólo un poco. Ya en el aire, con las luces y las cámaras sobre mí, la ansiedad comenzó a evaporarse hasta que se fue volando. Y si me apuran, diría que me gustó estar ahí. ¡Eso sí que no lo habría imaginado! Llegué a parecer uno de esos políticos que saben decir las cosas, pero la verdad es que ni lo pensé, las palabras me salían de adentro, a borbotones que no intenté frenar. Mi gran logro fue decir cosas lindas y conseguir la atención de medio país —era un programa importante— para que más tarde nos abrieran las puertas. Esa noche probé por primera vez la champaña. Celebramos como Dios manda Elvira, Olivia y yo. Entre trago y trago le expresé a Olivia mis sentimientos: que sin ella, esta organización que yo ahora presidía sería inexistente. Sin ti también, me respondió y volvió a llenar las copas.

Una de las cosas que me asombra y me duele de este continente, me dijo Olivia un día, prendiendo un cigarrillo, con ese gesto que se le ponía en la cara cuando hablaba de temas serios, es que, desde siempre, todo se desvanece. Las cosas y las personas. Mira este invento de las dictaduras militares, de los presos políticos desaparecidos. Y antes, la eliminación de los pueblos originarios, de los insurgentes en las guerras de la independencia, de los mineros y los obreros en las primeras huelgas. Y ahora, hasta los recién nacidos. Siempre se desaparece en este continente.

Bordándolo, una araña tejió cuidadosamente el encuentro entre tú y yo, me dijo Olivia un día, ¿o creíste que fue sólo el azar?

Me alojaba esa noche en la capital en casa de la madre de Olivia que, desde su confinamiento en el dormitorio, gustaba de saber su casa habitada, que alguien emplee y disfrute tantos metros cuadrados, solía decir. Le hacíamos compañía, sentadas en unos coquetos sillones color palo de rosa alrededor de su cama, cuando Olivia miró la hora en su reloj y se levantó dispuesta a partir. La acompañé al primer piso. Ya en la puerta de calle, con el abrigo en la mano, pareció cambiar de idea. ¿Sabes?, no pienso asistir a esa reunión, vamos, hagámonos un café, dijo, y nos instalamos en la mesa de la cocina. Encendió uno de sus inevitables cigarrillos.

Sin yo saberlo, al hacerla partícipe de mi historia con el príncipe le había dado cuerda a un mecanismo secreto que giraba dentro de esa cabeza rápida y un poco acelerada.

Entonces habló de la araña y del azar.

Y se sumergió en un largo relato.

Sucedió en los tiempos universitarios. Cuando las niñas bien se encontraban por fin con el otro lado, dijo con sarcasmo. Abriendo los ojos al mundo, lo vi. Era tan guapo, tenía los ojos negros más negros del universo. Su familia era campesina, como la tuya, pero su biografía era más cruel, más hambrienta, más helada. Vino a la ciudad para hacerse un porvenir pero le faltaban los instrumentos para forjárselo. Pensé que quizá con mi ayuda lo lograra. Entre mis estudios de Derecho y la efervescencia política, me dediqué a él. Deliciosa dedicación. Utilizó mis ojos para leer, mi mano para escribir, hasta que se los apropió. Pero, hiciese lo que hiciese, lo envolvía una suerte de desamparo. Le hablé por fin de los sindicatos, algo que atajara su vulnerabilidad. Que lo protegiera. Le enseñé los códigos del trabajo, si se convertía en un dirigente gremial no se lo llevarían por delante. Se organizó entonces una huelga general, no sé si la recuerdas, marcó un hito importante. Miles de trabajadores en la calle, sólo dos muertos. Uno de ellos fue él. Asesinado en mis propias narices, por culpa de los elementos que yo le había dado. Su mundo no me pertenecía, yo sabía de antemano que él nunca saldría de allí, pero insistí.

Luego de aquello, puse la máxima distancia posible entre mi país y yo. Me fui a Estados Unidos a hacer el posgrado. Nunca me he recuperado, soy una viuda, ¿sabes?

A veces lo veo a él en ti.

Somos un juego de espejos tú y yo. Tenemos una historia similar pero invertida. Un raro reflejo, ¿verdad?

Viví toda esa etapa rodeada de mujeres. Y como si todas cupiésemos en un gran abrazo, me sentía protegida por ellas. Pero a medida que avanzaba en mi vida pública, temí emprender una larga despedida: nunca encontraría a mi niña. A pesar de que el juicio contra mi hospital iba viento en popa y comenzaban a ventilarse los trapos sucios, no lográbamos dar con pruebas concretas y eficientes para el tribunal. Era nuestra palabra contra la de ellos. Nunca reconocerían el robo. Me preguntaba si estaría creciendo bien mi niña, si vivía de rica en casas como las que habíamos visitado con mi organización. Si sería una de esas niñitas que nos miraban extrañadas a Jesusa y a mí porque nos sentábamos en el salón con su madre pero sin pertenecer, de forma evidente, a esos salones.

Ya no lograba sentir sus manos, como si su calorcito de cachorro hubiera partido para siempre.

2

Y ustedes se preguntarán, con justa razón, ¿y el marido?

Como era de esperar, se enojó. No le gustaba esta nueva vida mía. Ni él ni la casa eran ya lo más importante. Un día, corregía yo un documento sentada sobre la hierba del jardín, bajo la palma, cuando lo sentí. Se acercaba por detrás. Amenazante, sí. Pero sin machete ni cuchillo. Con las dos manos agarró mi cabeza. Me tomó del pelo, lo tiró hacia atrás con fuerza y dijo: Abre los ojos, estoy con otra, tú ya no me sirves.

Tenía razón. No me importó.

A veces no llegaba. Pero nunca me dejó del todo sola. Que yo era loca, sí. Pero también valiente.

Lo conocí mientras trabajaba con mi abuela costurera. Pertenecía al grupo de amigos de su sobrina. Eran gente de ciudad, pobre pero educada. Distintas de mí. Con vicios urbanos desconocidos hasta entonces. Vislumbré el empuje de la competencia brutal, la necesidad de surgir, las ganas de emerger, la rabia frente a los ricos. Eso ocurría poco en mis tierras. Siendo modesto, vivía mejor que yo. En su casa, los platos para comer eran todos iguales. Festejaban los cumpleaños y cualquier aniversario. Bebían licores. Bailaban. Decían bromas de tono subido frente a las mujeres. Eran más cariñosos y expresivos. Tenían más alegría que nosotros. Como si sus vidas fueran más cortas. La exprimían.

Él era un mujeriego. Y un buen mecánico. Había estudiado en la escuela técnica. Un trabajador especializado, con sueldo y sin ganas de casarse. Bailaba como los dioses. Se enamoró de mí porque me vio con el corazón tomado. No sabía de negativas. Me buscó, me persiguió, me festejó. Yo le dije un día que si se casaba conmigo, yo aceptaba ser su novia. Me dejaría besar y apretar. A los tres meses nos casamos. Lueguito estaba yo embarazada. Fue una buena cosa. Sería un buen padre. Era apegado a la familia, creía en ella. Y a mí, la familia me hacía falta. Me casé porque me gustó. Y porque ya era hora. Nunca lo amé como al príncipe pero lo amé. Nadie puede tener dos paraísos en una sola vida aquí en la tierra. Más tarde vi que la mayoría de las mujeres no alcanza a tener ni un cuarto de paraíso y yo tuve uno entero para mí. Era afortunada.

Nunca me arrepentí de haberme casado.

Bailarines los dos, éramos los mejores. Ganábamos los concursos del barrio, lo pasábamos bien. Me contentaba hacer vida de mujer joven, una novedad. Embarazada, seguí bailando los sábados. Pensaba que mi niña sería bailarina. Su gente me aceptó sin restricciones. Me quisieron por dos cosas: por alegre y por agradecida. Que no me quejara de nada y no me peleara con nadie les gustó. Mi suegra era una mujer especial, daba la impresión de venir de otro lugar. Alguno más refinado. Se casó mal, decían sus hermanos. Pero adoraba a su viejo, lo acompañaba en todo. Y le gustaba leer. Se impresionó al ver mis libros, no los esperaba en mis manos. En nuestro medio se leía poco, muy poco. Bueno, nunca le conté de dónde procedían. Se los fui prestando, uno a uno. Luego hablábamos de ellos. Ni el suegro ni el marido se acomplejaban, les parecía incluso gracioso que leyéramos, cosa de mujeres. Hasta nos pedían opinión cuando en la tele se hablaba en difícil.

Eran muy católicos. Nunca les confesé la confusión que animaba mi cabeza. Un día me enseñaron imágenes, debía elegir algún santo para rezarle. Me quedé con una virgencita negra de mantos largos y llenos de brillo. Como un diamante. Ella fue siempre mi preferida.

Sólo una vez se vieron con mis padres, para la boda. Desde el tren, llegaron en un taxi que les pagó el marido. Asistieron a la iglesia y a la fiesta como pollos en corral ajeno. Pero ahí estaban, firmes y arregladitos, para desposar a su hija. Sólo yo sabía el tremendo sacrificio que hacían. La noche de bodas la pasé con ellos, partían de madrugada a la mañana siguiente. Los suegros y el marido se rieron de mí por esto pero respetaron mi decisión. No podía dejarlos solos en una casa extraña, eso sí que era mucho.

Cuando empezaron las dificultades, ellos fueron buenos conmigo. En medio de una fiesta familiar el marido dijo que ya no tenía mujer. Que me la pasaba en la calle y en reuniones. Y en hospitales. La suegra lo miró desdeñosa. Agradece tener una esposa con agallas, le dijo. El suegro le palmoteó el hombro con afecto: que no armara líos donde no los había. Suerte la mía que la palabra de ellos era ley. Más tarde pude conseguirle un nuevo trabajo: la jefatura de un taller mecánico grande, con obreros a su cargo. Por fin dejaba la construcción, que no era su oficio. Ellos le dijeron: agradece a tu mujer, los contactos no son cosa menor en la vida. Entonces me respetó más. En el fondo, algún orgullo le producía esta esposa que salía en la tele y que tenía oficina propia. Volvimos a bailar como antes. El primer sábado sentí a mi niña en mi vientre, bailando también. Me dio una fatiga. Más adelante la invitaba entre susurros a acompañarme. Hasta soñaba que alguna vez vería a una gran bailarina en un teatro importante y la reconocería.

Una noche le pregunté al marido qué haríamos si alguna vez la encontráramos, ya crecida. La abrazaría, contestó él, y le diría que soy su padre. Yo me preguntaba si sería eso posible. Quizá nuestras voces le resultaran familiares, tanto le hablamos durante el embarazo. Pero me nublaba la duda. El qué hacer me perseguía, como si cualquiera de esas tardes de vuelta al pueblo me la fuese a encontrar.

Al contar las bendiciones, decía mi mamá allá en el campo, que nunca rebasen la medida de un canasto. Si son demasiadas, se pierden. Lo recordé alguna noche de aquellas cuatro que pasé con mi niña en el hospital, sabiendo que de puro llena no debería ni contar. Tantas bendiciones tenía entonces. Mi hija, mi marido, mi juventud, mi educación. Los recuerdos del campo, la salud. Pero cuando empezaron las noches en la casa del pueblo, con el marido y sin ella, conociendo ya la calidad de su tibieza, el canasto comenzó a vaciarse. Despacio. Dulcemente.

3

A veces, la incertidumbre juega a las escondidas con una. Eso era lo mejor de aquella vida, no saber dónde podía terminar lo que se comenzaba. Al hornear mis pastelillos y partir a venderlos al hospital, no tenía cómo saber lo que vendría. Y menos lo que ocurrió: me hice famosa.

Todo empezó frente a la primera condena de un médico por los tribunales. Un canal de televisión sacó la noticia de los robos *en la hora de las noticias*. Ya no como un hecho virtual, ya no una conversación sobre el tema ni una sospecha. Había concluido el primer juicio. Esto era una noticia viva y candente. Y como nosotras ya habíamos hecho las denuncias, la gente se volvía hacia nosotras. Subió y subió la sintonía del canal. *Robos de recién nacidos en nuestro país*. Les convino a ellos pero también a nosotras. El tema conmueve a cualquiera que tenga una alma, un pedacito de alma y basta. Ricos, pobres, buenos, malos. Los hijos son un tesoro para todos. Le costó al marido entenderlo. Que yo aceptara que otros profitaran de nuestro dolor. Lo decía por los de la tele. Todos queremos algo, contestaba yo, y si coincidimos, bien. Quiero parir el día de mañana y necesito saber que el bebé será mío. Aunque Dios se lo lleve, que sea mío. Pero él no entendía.

El canal de televisión nos filmó en un hospital con nuestros lienzos y pancartas y tomó al personal médico en acción, justo cuando nos echaron a patadas. También cuando la policía nos sacaba a la fuerza, propinando golpes e hiriendo a dos de mis compañeras. Al día siguiente la prensa publicó una fotografía de Jesusa con su pancarta: *Alerta, mujeres, que no les quiten a sus hijos.* Al lado, una mía: *En este hospital se roban niños.* Esa misma noche estábamos Jesusa y yo en la tele, en una edición especial del noticiero. Nos permitieron hablar sin censura y el programa se repitió a petición del público. Cada noche durante una semana aparecí yo en las noticias con alguna de nuestras mujeres. El testimonio de cada una empezaba igual: A mí me robaron a mi hijo. Y yo, detrás de ellas mientras hablaban. Como la avalista. No tardó en citarnos el Ministerio de Seguridad, a Jesusa y a mí. Algunos diarios decían que nos dejarían presas por calumnia. Por eso, muchísima gente se juntó en las afueras del edificio de gobierno aquel día. Olivia no me dejó sola ni un instante, ella como mi abogada. Ante la presión de la muchedumbre, el ministro no se atrevió a tocarnos. Incluso salió a los escalones del ministerio con nosotras para que toda la prensa reunida afuera viera cómo nos dejaba en libertad. A esas alturas, contábamos con datos duros y mucha investigación que dejaron al país horrorizado. Cayó el primer médico con sus ayudantes y los jueces se animaron a futuras condenas. El Colegio Médico salió en defensa de su gente. Se armó una discusión tremenda sobre la honestidad de los profesionales. Una escandalera. Los argumentos se fueron poniendo más y más difíciles para nosotras pero no importaba. Nuestro objetivo se iba cumpliendo.

La prensa y la televisión nos convirtió en heroínas. Desde entonces, dejamos la investigación a los organismos de gobierno y a algunas instituciones internacionales que se ocupaban de la infancia. Olivia fue muy importante en esta etapa. Todo pasaba por ella. Incluso consiguió ayuda psicológica para nosotras y también abogados que, sin cobrar, tomaron uno a uno nuestros casos.

El horror fue grande y extendido. Nos escribían de otros países y nos visitaban. Nos cedieron una oficina más grande y con más infraestructura en la capital. Nos turnábamos entre nosotras para dar abasto y no abandonar a las familias en los pueblos.

Las solteras pasaron a ser las más útiles, se trasladaron con camas y petacas. Fue entonces que nombramos a Flor jefa de sede. Ya hablaré de ella, pues tiene un lugar especial en mi corazón. Fue quien me reemplazó el día en que yo fallé.

También nos tocó salir al extranjero. Mamacita mía, ¡qué miedo teníamos de subir a un avión! (¿Cómo se sostienen estas cosas en el aire, Jesusa? ¡Qué voy a saber yo!) Participamos en un congreso por la eliminación de la violencia contra la mujer. Fuimos nosotras un capítulo nuevo. Las estrellas. La novedad. Recién se incluía este tema en *la agenda*. Y nosotras éramos las portadoras. Desde el avión hasta el hotel, Jesusa y yo no podíamos cerrar la boca de tanta impresión que nos hacía lo que veíamos. Las camas eran suaves y enormes y además nos regalaban jabones y champú. No quiero salir nunca más de esta pieza, le dije a Jesusa, pero como a ella le aburren pronto las cosas de este mundo, ya estaba partiendo a las reuniones. Aplicada Jesusa, más que yo. Tú tienes el carisma, me decía Olivia, Jesusa la disciplina. En esa oportunidad se nos abrió un mundo desconocido y misterioso. Muchas mujeres juntas de muchos países. Todas del continente. Casi todas del mismo idioma. Pero ¡cómo hablaban en difícil! Me costaba bastante seguir los conceptos y discusiones. A algunas las habría amordazado, tan pedantes ellas.

¿Sabías, me dijo Jesusa una tarde después de una asamblea, que esa mujer indígena que habló hoy nunca fue a la escuela? Y esa misma noche, tirada sobre la cama tan blanda, comenzó a leerme en voz alta un librito que le habían regalado. Eran testimonios de mujeres, tanto campesinas como de la ciudad, que venían de lugares muy pobres y que a través del liderazgo en sus organizaciones habían logrado sobresalir y encontrarse con el mundo grande. Sus historias eran bastante similares a la nuestra, lo que me llamó mucho la atención. Qué sorpresa, le dije a Jesusa, no somos tan únicas ni tan originales después de todo.

Era difícil encontrar pedazos de alegría mientras trabajábamos. Sólo hablábamos de nuestros problemas. Uno tras otro. Pero en las noches, ya de fiesta, algunas dejaban las penas en los papeles y bailaban; ahí sí cambiaba la cosa. Se lo comenté a una mujer negra que se sentaba a mi lado en el comedor. Nunca son alegres las luchas o la guerra, me respondió. Yo no estoy en guerra, dije. Y traté de explicarle que, a pesar de las penas, creía que ser mujer era más divertido que ser hombre. Cuando me miró raro, le dije rapidito, como quien no quiere la cosa: nosotras tenemos hijos e ilusiones; los hombres sueñan poco. Sentí su incomodidad y guardé silencio. Cualquier cosa que yo dijera resultaba inapropiada. Al fin comprendí que salir de un campo perdido y llegar al extranjero era mucho camino para mí y que debía ir lento o perdería la razón.

Pasaba el tiempo. Entre viajes y datos, nos acercábamos a una posible verdad. En medio de todos los temas, de pronto, el tráfico de órganos comenzó a obsesionarme. A más conocimiento del tema, más perdía la convicción de que mi niña estaba viva.

Por esos días, un médico estaba siendo procesado por la justicia. Había vendido por lo menos a siete recién nacidos en su hospital. Cargaba con siete muertes. (Un niño debe morir para disponer de sus órganos, yo nunca perdía eso de vista.) En las reuniones nos habíamos enterado de los *procedimientos utilizados*. Por lo tanto, ese médico era, ante nosotras, un demonio. Debo reconocerles que todavía yo dividía el mundo entre gente buena, muy buena, mala y muy mala.

Una tarde de invierno, casi de noche, mientras yo cocinaba una tarta, sonó el timbre en mi casa. Frente a mí, una señora muy elegante, de esas que usan perlas verdaderas a toda hora y que no llevan nada sintético en el cuerpo. Ante mi estupor, se presentó como la esposa de ese médico. Me estoy volviendo loca, me dijo. Por eso quería hablar conmigo. Aunque fuera tan distinguida, no pensaba yo perder el trabajo de la tarta y la senté a la mesa de la cocina. Le preparé un té. Mientras lo hacía, ella empezó a contarme toda su vida con el doctor. Una bonita vida. Toneladas de amor, de éxito, de todo. Me mostró fotografías familiares y algunas cartas. Su incredulidad iba en aumento. ¿Éste es el hombre que ustedes acusan de traficar con niños pobres?, ¿para vender sus ojos, su médula, sus pequeños órganos apenas desarrollados? O ustedes están locas o la loca he sido yo todos estos años. Quince años conociéndolo y queriéndolo. Por favor, dígame, ¿quién está insana, usted o yo? Así gritaba la infortunada en la cocina de mi casa, pobre y pequeña, que apenas resistía tanto ruido e intensidad. Las dos estamos locas, señora, respondí con voz firme, las dos. Porque nadie nos crió para imaginar que existen seres humanos que pueden ser buenos y malos a la vez. Terminé de decirlo y me di cuenta de que nunca había pensado en eso. Ella se derrumbó sobre la mesa. Lloró en silencio. El tribunal tiene su verdad, usted tiene la suya, agregué. Quizá la vida es así, dos verdades corriendo juntas como dos cauces paralelos que desembocan en un mismo río. Levantó los ojos como si mis palabras en algo la consolaran. Y antes de partir repitió varias veces: ¿qué les digo a mis hijos si resulta culpable, cómo enfrento a mis hijos?

Al menos tiene hijos a los que enfrentar, no se

los han robado, comentó airada Olivia cuando se lo conté al día siguiente. ¿Tienes pena por ella?, me preguntó, mirándome fijo. Le hablé de esas caritas en la fotografía, de esos pobres hijos. Olivia se impacientó. Ojo con la debilidad, me dijo en un tono muy seco, aquí no cabe.

Yo, que siempre dormí como una niña, comencé a perder el sueño. La causa: el tráfico de órganos. Tanto fue así que, embargada por la desesperación, hablé con Olivia. Si algún día descubren que eso le ocurrió a mi niña, le dije, no me lo digas. Pero no tuvo oídos para mí. Le insistí en que era mejor pensar a los niños con otros padres que imaginarlos muertos, destripados. Pero Olivia era partidaria de la verdad. Yo le había tomado un poco de distancia a esa palabra. Comprendía que era un tema delicado. Evitar los desacuerdos y las peleas entre nosotras era un mandato, más aún para mí como presidenta. Sin verdad no hay castigo, dijo Olivia. Contesté: quiero que me mientas si eso me ayuda a sobrevivir. Como una potranca herida, daba mis últimos corcoveos. Inútiles. Ella creía en los países y en el futuro. Yo, en las necesidades de los que estamos vivos. Respiré en el aire algo espeso como un presagio. Le temí a la desbandada. Si una empieza la lucha por una causa, me dijo, debe llegar hasta el final. Entonces yo le grité: ¡hablemos cuando tengas tu primer hijo, no sabes nada de este dolor!

Ésa fue mi primera y única pelea con Olivia. Aquel día, ella se levantó del asiento y partió. Y yo, camino a casa, me sentí como una sin hogar. Como una que deja el rancho.

Me llamó al día siguiente para disculparse por su falta de sensibilidad. Ay, Olivia. Nadamos entre tanta pena, rabia y dolor. Olvidadas por la paz, nosotras, tan dañadas. ¿Cómo no sucumbir?

Una tarde nublada llegó a nuestras oficinas una mujer extraña, desgarbada, casi en harapos. Su pelo, todo enmarañado y su expresión, aterrada pero resuelta. Esto sucedió antes de instalarnos en la capital. Pensé que era retrasada mental porque no hablaba y se arrinconaba en una esquina como un animal descartado. Sólo sus ojos refulgían y reconocí allí la chispa de la inteligencia. No sabíamos qué le pasaba ni cómo ayudarla. Ella buscó un lápiz y un papel y resultó que escribía mejor que todas nosotras. Tenía un problema en el paladar que le impedía hablar. Y como para mucha gente los mudos y los sordos son casi lo mismo, ella pasaba inadvertida. Invisible. Tuvo un niño de padre desconocido (para la ley, no para mí, diría más tarde). Seguro creyeron en el hospital que, por venir del campo y ser idiota, la habrían violado o inducido a tener sexo con un borracho. Nació el niño, perfectamente sano. Durante el parto, ella escuchó al médico decirle a su enfermera: aquí tenemos por fin el niño que buscamos. Hablaban en voz baja pero lo hacían frente a ella. Le pusieron una inyección que la durmió pero antes alcanzó a oírlos: Cuidado con el certificado de nacimiento, que no aparezca el nombre de la madre... como es enferma. Dos días después le avisaron que su niño había muerto. Pensando que nada entendía, la sacaron del hospital sin siquiera un certificado de defunción. Ella fue nuestra primera testigo y a poco andar cayeron el médico y la enfermera. Lamentablemente, el niño no fue encontrado. No hubo papeles y los condenados no conocían el nombre real de la mujer que lo adoptó (mejor dicho, que se lo llevó). Luego de mucha investigación, los abogados dedujeron que se trataba de una extranjera que habría dejado el país de inmediato. Y ella, la verdadera madre, llegó a creer que era mejor así. No deseaba encontrar a un niño con padres y hogar seguros y quitárselos. Así lo viviría el bebé, como un robo, dijo, robaría a sus padres como a mí me robaron al hijo.

Su situación fue muy bullada. Nosotras la acicalamos, la vestimos y la llevamos a la tele. Era el caso más evidente de todos los que habían pasado por nuestras oficinas. Se volvió emblemático. Un médico italiano, de paso por el país, se interesó por su problema del paladar y la operó gratuitamente. A poco andar, entre rehabilitaciones y terapias, se transformó en una mujer estupenda. Dueña de una energía feroz. Su nombre era Flor.

A veces la miraba trabajar en su escritorio frente a mí, tan concentrada y competente. Mi mente vagaba. Los destinos de los seres humanos, ¿quién los fija? Flor era huérfana, recogida al otro lado del país, en los cerros, por una familia de pastores. Criada por ellos como otro animal de la manada. Forzada a trabajar como esclava. Sin nombre, sin fecha de nacimiento. Escapó cuando se hizo mujer. (¿Cuál es esa edad si te arrebatan la infancia? Cuando me vino la primera regla, respondió.) Bajó por los cerros y caminó varios días hasta encontrar un escondite. Era una capilla al lado del río. Allí se fue quedando, recogiendo frutas, cazando pájaros y peces, aterrada de ser encontrada y nuevamente maltratada. Hasta que la avistaron los de la iglesia. La recogieron, la lavaron, la cuidaron. El cura se hizo cargo: fue inscrita y bautizada. Luego de que un médico de la parroquia le explicara que su único daño era un paladar mal formado, el cura le enseñó a leer y a escribir. En sus manos quedó el aseo de todas las pequeñas iglesias al borde del río. Las mantenía limpias, las preparaba para la misa mensual, lavaba los hábitos, tocaba las campanas. Y el cura la cultivaba. Pasaron los años. Cuando comprendió que estaba embarazada, escapó. Viajó de día y de noche hasta saberse lejos del río. La policía la encontró y la llevaron a un albergue de la iglesia local. Uno para mujeres sin hogar. A la supuesta muerte de su niño, volvió a escapar. Ya había leído sobre nosotras y salió a buscarnos.

Pasado el tiempo, llegó un hombre a nuestra puerta un mediodía. Vestía con cuidado y hablaba bonito. Preguntó por Flor. Cuando ella apareció, volvió a preguntar por Flor, sin reconocerla. Era el cura. Había leído su historia en la prensa. Sólo entonces comprendió la razón de su huida. Ella volvió muy contenta de la reunión con él. Como un hormigueo, una cierta paz le recorría el cuerpo. Todo parecía calzar y encontrar su razón de ser. No dejó más de visitarnos este cura, engrosando así la lista de los amigos de nuestra organización.

En mi trabajo, nunca dejaba de maravillarme ante nuestros propios cambios. Al abandonar a los pastores, Flor no imaginaba que aprendería a leer y a escribir. Ni a ser formada por un hombre bueno e ilustrado. Menos aún pensó que, al escapar para protegerlo, encontraría el habla y un destino.

Teníamos un juego ella y yo. Conocía una canción que se cantaba en el río. Describía la naturaleza. *Estaba la rana cantando debajo del agua/ cuando la rana salió a cantar/ vino la mosca y la hizo callar.* Luego

sale a cantar la mosca y se la come la araña, a la araña se la come el ratón y así llega hasta el hombre.
Luego se canta al revés.

> *Del hombre al palo*
> *Del palo al fuego*
> *Del fuego al perro*
> *Del perro al gato*
> *Del gato al ratón*
> *Del ratón a la araña*
> *De la araña a la mosca*
> *De la mosca a la rana*
> *... que estaba sentada cantando debajo del agua.*

La naturaleza es predccible, le decía yo, tu vida
no. Entonces le inventé su propia canción.

> *Del pastor a la regla*
> *De la regla a la fuga*
> *De la fuga al río*
> *Del río al cura*
> *Del cura al bautismo*
> *Del bautismo al nombre*
> *Del nombre al lápiz*
> *Del lápiz al libro*
> *Del libro al trabajo*
> *Del trabajo al goce*
> *Del goce al embarazo*

Del embarazo al dolor
Del dolor al habla
Del habla a la gloria.

Entre nosotras, cada vez que emprendíamos una nueva tarea venturosa, nos preguntábamos: de la rana, ¿adónde?

III

—

ELVIRA

1

De marginal a presidenta, de presidenta a la fama, de la fama al presidio, del presidio a la locura. Así cantó la rana para mí.

Ustedes se preguntarán *qué* pudo sucederme como para emprender un rumbo tan errático. En la encarnizada lucha por encontrar viva a mi hija, un día el azar me hizo dar por fin con ella. Y entonces... entonces se apoderaron de mí los demonios. Todos los demonios. Hice añicos mi existencia y heme aquí pagando las culpas.

Pero tengan paciencia y vayamos por partes.

¿Sabían ustedes que los hospitales psiquiátricos pueden ser también prisiones? Se supone que un delito debe ser expiado ante la sociedad y que la cárcel debiera formar. Pero todo eso es patraña. Somos tan poco iguales los ricos y los pobres que ni los presidios son los mismos. A los militares se los llevan presos a los cuarteles, a los privilegiados a los hospitales y la cárcel termina siendo para los demás. (Claro, algunos actúan de verdad bajo estado de locura y en el psiquiátrico cumplen doble función: tratan la locura y cumplen la pena. Pero son pocos, los menos.) Qué contradictorio resultó que yo, la campesina, recalara en un lugar como éste y no en una raída celda de una cárcel perdida en la provincia. Igual me preguntaba cada día: Virgencita santa, ¿qué hago aquí?, ¿qué hago entre tanta enfermedad y tanta descomposición?

El hospital se encuentra en las afueras de la capital, en una antigua granja. Una familia adinerada legó la casa con sus tierras para los tuberculosos. El hijo heredero la padecía. Hay un retrato de él. Parece un fantasma, engañado por mujeres con buenos pulmones y mala cabeza. La casa original se usa como oficina de los médicos. A través del tiempo se fueron construyendo múltiples pabellones, por todos lados el cemento gris. Sirven para esconder horrores que la gente no desea ver. Lisiados, postrados, dementes, abandonados. De todo. Personas que fueron tiradas allí. Como bolsas de basura. Ni una gota de belleza en todo el vasto lugar.

Allí convivían las locas locas y las locas presas. Yo pertenecía a esta última categoría. A diferencia de la cárcel, a las presas locas no nos separaban en celdas. Dormíamos todas juntas en un extenso dormitorio. Éramos treinta mujeres. Treinta camas que algún día fueron blancas. Las tiñó el tiempo, supongo, y la apatía. Al fondo, los baños: unos agujeros con agua corriendo. Ni siquiera había una puerta que separara la noche de ese olor.

Había también una sala, sólo para nosotras. Igual estábamos enjauladas, una reja nos separaba del resto del edificio. Pero los gruesos barrotes pasaban a ser innecesarios por la indiferencia de las pacientes, ¿escapar?, ¿adónde, cómo?, y lo peor: ¿para qué?

Cada mañana nos despertaba un timbre. En manadas hacia las duchas de agua fría. Ay, parecía un desfile del descuido y del horror. Tanto abandono sobre esos cuerpos deformes, como si no importaran, como si sobraran. Había promiscuidad. Algunas se manoseaban y reían, murmuraban obscenidades, se mordían los pechos entre ellas. Entre carcajadas y groserías se tocaban los genitales unas a otras, la sexualidad sólo como un instinto primario.

Luego venía el desayuno. Había un comedor cuyo uso compartíamos con las otras, las locas. Con distintos horarios, nos topábamos al salir y al entrar. (Perjudicadas como nosotras, sólo que más abandonadas.) Lo custodiaban las celadoras. Feas las viejas, fibrosas como mujeres despiadadas. La comida era la vida y las internas la robaban. Todo desaparecía, el pan, el plato de la vecina o el té de la más lenta. Una guerra cada comida. Una vuelta a la selva. El alimento era malo y hediondo. Bajé cuatro kilos las dos primeras semanas. Seguí bajando lentamente, a pesar de los paquetes que me enviaba la organización. Las galletas de mantequilla de Olivia, las mermeladas hechas por Jesusa, las tortillas de Flor. Me lo robaban todo. Yo las dejaba hacer, total, era la única que estaría allí sólo seis meses. Las otras iban desde quince años a cadena perpetua. Yo era la excepción porque no estaba loca. No necesitaba medicamentos. Algunas los afanaban, vaciaban frascos de pastillas para llenarse el corazón. En mi caso, manejaba yo misma los sedantes que me daban. Los de la mañana, los botaba al agua corriendo. Los de la noche sí los tomaba, para dormir en medio de tamaño ruido. Llantos, peleas, gritos, paseos. Para algunas, la noche y el día se diferenciaban sólo por una camisola. Porque, no me lo creerán, también nos vestían. Para no agredir a nadie con la ropa, ni a nosotras mismas. De día, unas camisas largas de franela, de un celeste incoloro como el cielo más olvidado. De noche, unas camisas de algodón amarillas, no del amarillo oro que tanto me gusta sino de un amarillo sucio, como un color que no alcanzó a ser y quedó botado en el camino. Podíamos guardar sólo un chaleco por paciente. Me moría de frío. Las otras no. Por vez primera se me ocurrió que la temperatura del cuerpo estaba conectada con la lucidez mental. Siempre se estaban desvistiendo. Ya en cueros, hablaban solas o insultaban a los muros. Nadie padecía de resfrío. El único fue el mío. Se pegó a mi cuerpo como amante celoso. La tos y el romadizo me agotaban.

Por reglamento, debíamos salir al patio cada mañana. Tomar aire. Hacer un poco de ejercicio. Pero las carceleras eran reacias: que el clima, que un castigo, lo que fuera para eludirlo. Bueno, después de todo, resultaba atendible, manejar a las treinta pacientes juntas no era sencillo. Un par apenas podía caminar. Algunas se negaban a dejar sus camas, otras a vestirse. Entre nosotras la desnudez no importaba, pero afuera era otra cosa. Muchas de ellas divisaban el patio de los hombres y comenzaban a *actuar.* Abrían las piernas y los llamaban a gritos. Se descubrían los pechos. O se besaban entre ellas. Por decirlo de alguna forma: perdían la compostura. Una se tendía en los adoquines, se tiraba de la ropa y lamía las piedras. No había forma de volver a ponerla en pie. Otra se echaba al suelo de espaldas y dale y dale con revolcarse, de un costado primero, luego del otro. Como un cachorro en el jardín. Aunque allí el pasto no crecía. Ni una brizna.

En las mañanas hacíamos terapia en grupos de diez. Consistía en sentarse con una enfermera a coser las sábanas del hospital. *Terapia* porque nos mantenía ocupadas y porque nos daban un té a media mañana. Trabajo forzado, dije yo. Pero ninguna me escuchó. Se podía decir cualquier cosa, nadie contestaba. Una vida de puros monólogos. Al principio yo callaba, segura de que si una habla es para ser escuchada. A poco, empecé a copiarlas. No estaba mal, se podían decir cosas que ni sospechaba haberlas pensado, y resultaba un alivio. En ese sentido, era una prisión llena de libertades.

En las tardes permanecíamos en el pabellón hasta la hora de la cena, que era muy temprana. Antes de que se pusiera el sol. Lo que más cuidaban allí era la electricidad. Había una televisión en la sala. Nos permitían verla por dos horas después de la cena. El canal estaba fijo para evitar disputas. Siempre mostraban una telenovela y luego el noticiero. La más hipnotizada por la telenovela era la enfermera de turno, no se perdía palabra, ni un motín la habría despegado de la pantalla. Algunas internas, las menos dañadas, también la seguían. Casi siempre trataban de mujeres marginales que lograban triunfar. Cada una, a su manera, se identificaba. (Ay, mamacita, ¿no alcancé yo también a ser una de ellas?, no lo había pensado.) Los primeros días trataba de poner atención a las noticias, para sentir que había un mundo más allá del mío. Al anochecer, nos forzaban a meternos a la cama.

Lo que más me enloquecía era el olor. *Ese olor.*

Y lo que más me mortificaba era la falta de silencio. Todo era estridente o gutural. No existían los tonos normales o las noches calladas. Siempre ruido, voces, gritos, agresiones, risas. Eso era la locura: la falta de silencio. Diré algo evidente: me sentía muy sola. Tenía miedo. De todo. De que me tocaran, de que me pegaran, de acostumbrarme. Y la pena. La pena era profunda porque lo había perdido todo.

Permitían visitas una vez a la semana. Traspasábamos la reja y nos metían a una sala grande y helada con piso de linóleo jaspeado verde y gris, con algunas sillas de metal esparcidas y con olor a medicamentos. Sólo media hora: la medida para no trastornar a las visitadas. El marido no iba a verme. A veces llegaba mi suegra, comprensiva y con gotas de cariño antiguo pegadas al abrigo. Un día me dijo que su hijo se iba a separar de mí. Que nunca lograríamos armar juntos una familia. Mi cuñada, más habladora ella, me contó que andaba con otra. Una mujer muy compuestita. Que se casarían. Averigüé si vivía en mi casa, en nuestra casa. Sí. Y que la traspasaría a su nombre, yo no era persona ante la ley. Pensé en la palma del jardín, mi único árbol y lo olí.

Mi abogado era uno de la organización. Podía verme en cualquier horario. Estaba muy contento de su logro: haber cambiado la cárcel por una breve estadía en el hospital psiquiátrico. Le preguntaba a veces si era bueno quedar catalogada como *loca*. Me cerrará muchas puertas, le decía. Menos que la de una condena regular, contestaba él: la insanidad puede ser temporal, la inclinación a delinquir es más permanente. Me consolaba con esas reflexiones. Más bien, trataba de consolarme. Yo, en respuesta, sonreía. Para no olvidar que la boca también servía para eso.

Nadie estaba protegido. El director de la institución era un viejo alcohólico. Llegó allí por castigo: o el psiquiátrico o la renuncia a la salud pública. Los otros dos médicos, unos sádicos de primera, actuaban a mansalva. Ante una protesta: camisa de fuerza, tranquilizantes a la vena. Y ya. La única presencia sana era la de los médicos jóvenes que estudiaban psiquiatría y hacían pasantías en el hospital. Ellos nos tomaban en serio y nos escuchaban sin castigarnos. Al llegar, yo me equivoqué. Pensé ese lugar como mi organización, como el mundo grande en donde se denunciaba, se ganaban peleas, se ejercía la valentía, se buscaban alianzas. Nada. Todo inútil. Todo inmóvil.

Sin embargo, yo sí estaba protegida. (A veces hasta me avergonzaba tanto privilegio.)

Lo supe a los pocos días. Temprano en la mañana hacíamos la cola para entrar al comedor. La carcelera nos contaba una por una. De pronto escuché una voz conocida. Sentí algo tibio adentro. ¿Todo bien por aquí? Era el tono seguro de alguien bien plantado. Elvira, la enfermera que conocí en casa de Olivia. Recordé entonces cuál era su trabajo. Buen porte, alba la blancura de su uniforme. Tan fuera de lugar en ese entorno. ¿Y es ésta la nueva interna, la del escándalo?, preguntó a la carcelera. Me tomó del brazo, me sacó de la cola y con aire de superioridad avisó que necesitaba un par de palabras conmigo. Con cara de póquer. Le seguí el ejemplo. Partí con ella como si nunca la hubiese visto.

Estoy apurada, me dijo cuando quedamos fuera del alcance de las demás. Trabajo en el pabellón opuesto, en el de los hombres. Dos edificios más allá. Soy la jefa pero igual no tengo razones para venir donde las presas. Entonces me llevó a una pequeña sala desconocida, en el mismo piso de mi pabellón, a un metro de la famosa reja. ¿Ves este teléfono? Se conecta directamente con las otras jefaturas. Úsalo sólo en caso de emergencia. Yo velaré por ti, ni te darás cuenta. Me daré unas vueltas cuando pueda.

Me pasó una barra de chocolate, la escondí en los calzones. (Más tarde, la devoré bajo las sábanas, siempre tenía hambre.)

Eso fue todo. Me dio un abrazo y partió.

M. era una mujer muy gorda que dormía a dos camas de la mía. Quizá la más extraviada de todas las internas. Quemó su casa y en el incendio murieron sus padres. El Estado la condenó a veinte años. Era ella quien traía las toallas cada mañana, que en verdad no eran toallas sino retazos de género áspero. (Donación de alguna fábrica textil, seguro. O peor, la compra del hospital a algún astuto que las vendía por toallas y se ganaba la diferencia.) M. era obediente y forzuda, cumplía su tarea sin hablar ni equivocarse. Si le preguntábamos por ella, no tenía la menor idea. Curiosa la mente humana: hacer tan bien un trabajo que no se sabe que se hace. Un día, en un control de rutina, apareció embarazada. Por más que se investigó, nunca se averiguó quién era el padre. Alguien que estuvo con ella entre el pabellón y las toallas. Le quitaron su trabajo y la encerraron. Como si fuera su culpa. Nosotras olvidamos el embarazo porque era tan gorda que no se le notaba. Una noche, sentí un llanto de recién nacido. Pensé que otra vez me entrampaba en las pesadillas con mi niña. Como el llanto persistió, me levanté. M. se revolcaba en un charco de sangre. En el hoyo del WC, un bebé. Era un niño grande y fuerte, rosadito y llorón. Actué por puro instinto. Corté el cordón con mis dientes para apartarlo de la madre totalmente ausente. Ya con el niño a salvo, me puse a gritar como una desquiciada. Nadie me escuchó (más tarde fue despedida la celadora de turno). De noche no había médicos y el hospital más cercano estaba a unos diez kilómetros. Usé por primera vez el teléfono escondido. Elvira llegó. La guardia, después de ella. Como un milagro, todo se resolvió en sus manos. Salvaron a M. y al niño. (Quisiera adoptarlo, le dije más tarde. Ni lo sueñes, respondió, no te aceptarán como madre.)

Cuando ya hubo partido la ambulancia, aprovechando el silencio de la noche, salí del piso por primera vez. Crucé la reja. Elvira me condujo a una salita lejos del pabellón. Nos sentamos en un sofá mullido. Me dio un café cargado, qué alegría, acceder a una de las cosas maravillosas de la antigua vida. Y nuevos chocolates (para la energía, me dijo Elvira, y para el placer, respondí).

Elvira quería saberlo todo sobre mí. La historia ya había recorrido mi estómago, se acercaba a la garganta, lista para ser expulsada.

Estábamos en un hotel de la capital. Nuestra institución recibiría un premio. Conmigo, dos médicos que investigaban el comercio de órganos. También un escritor sueco que recién publicaba un libro sobre el tema. Yo, sorprendida y contenta con toda la novedad que me rodeaba. Esta vez no nos premiaba una organización de mujeres sino un periódico inglés y una fundación europea. Era la primera conferencia que daban en el continente. Al costado del escenario, conversábamos entre nosotros minutos antes de dar inicio a la ceremonia. Entonces vi pasar a mi lado a una señora elegante, rubia y de tacones muy altos. Vestía enteramente de café claro. De *beige*, como dicen. Llevaba a una niña pequeña tomada de su mano. Caminaban en dirección opuesta a la mía, pude mirarlas un rato. Lo primero fue un sobresalto. La niña era la copia del único retrato de mi infancia que había en casa de mis padres. Para una Navidad, vino un fotógrafo de la ciudad y mi padre hizo retratar a cada uno de sus hijos. Más tarde recibimos las fotografías retocadas con color, transformadas en cuadros muy vivos. Fue una fiesta para nosotros, una obra de arte, una cosa única en nuestra historia infantil. Esos cuadros cuelgan de las paredes de nuestra sala desde siempre y para siempre. Durante las horas muertas de nuestros inviernos yo me miraba. Me contemplaba pensando lo linda que era entonces, más linda de lo que nunca fui después. Era demasiado conocida la imagen, no requirió ningún esfuerzo traerla a la memoria. Por eso, cuando vi en la niña el retrato de la sala de mi casa, fue como verme a mí misma. Así de claro, así de rotundo.

Sentí una enorme sorpresa. Sí, sólo sobresalto y sorpresa al principio. Después pude pensar. Al menos, eso creo. La niña era igual a mí y tenía la edad de mi hija muerta o desaparecida. Cuando ella nació, los pocos parientes que alcanzaron a verla se rieron del marido. Que aquí no había padre, dijeron, pura madre. Eso también lo recordé en esos instantes.

Me quedé inmóvil. Luego, fue como si una hecatombe me pulverizara. Y una convulsión me agarrara el cuerpo. No recuerdo haber vuelto a escuchar las voces de mis compañeros. Ni haberlos vuelto a ver. Todo se me enfocó: el respirar, la vista, el oído, el latir del corazón. Y no pensé más. Corrí y la tomé en mis brazos. Recuerdo aún su olor fresco a niña limpia.

La señora rubia se distrajo un instante saludando a alguien. Cuando reaccionó, yo salía con la niña abrazada. Cerca ya de la puerta lateral. Entonces oí un grito. Dos hombres recién aparecidos se apoderaron de la niña. Y de mí. Hubo un enorme revuelo. Aturdida, sentí con mucha fuerza el desgarro cuando me la quitaron. Perder ese olor y el calor de su cuerpecito. Me la robaron nuevamente, eso pensé. Y reaccioné como una leona herida. Alguien me inmovilizó. Vi la cara de la niña que lloraba y gritaba mamá. No lo resistí. Me puse a aullar como una demente. Del más puro dolor.

No sé bien qué vino después. Estaba inmoviliza-da, me retenía un hombre a cada lado. La mujer ru-bia me acusó, que quise robarle a su hija. Como una comedia de equivocaciones. Y yo grité de vuelta: es mi hija, es mi hija, me la robaron en el hospital, lla-men a la policía. (Más tarde lo pensé: *yo* pidiendo por la policía, yo que la odio, que he sido víctima de ellos. ¡Cómo sería de absoluta mi certeza!) Me saca-ron del salón en un dos por tres. ¡Fue todo tan rápi-do! Cuando un reportero trató de acercarse, los hombres que me sujetaban le quitaron la cámara. Claro, yo no sabía que ellos eran guardaespaldas ni que la señora era la esposa del ministro del Interior.

Jamás pensé que iría presa. Me había convenci-do de que en este país se puede tener justicia. Nadie alcanzó a enterarse de la situación, sólo los testigos oculares. El público, en los asientos, no vio nada. Todo pasó junto al escenario. Y a la puerta lateral. Cuando me llevaban, vi a Olivia. Peleaba para que la dejaran pasar. No lo logró. Me fui sola. Lamento tanto haberla hecho llorar. A mi niña.

¿Crees que es definitivamente tu hija?

Sí.

¿Estás segura?

Tan segura como que la perdí para siempre.

¿Por qué tan tajante?

Porque no sé cómo vivir en el mismo territorio con ella, sabiendo quiénes son sus padres, cuál es su casa, cuál su barrio. Estoy mejor aquí encerrada. No sé cómo vivir afuera sin dañarla. Sin dañarme.

¿Y los tribunales?

¡Elvira, Elvira! Hablas como Olivia. ¿Qué tribunales? ¿Con qué pruebas? ¡Es el ministro del Interior! No tengo fuerzas contra él. Sólo lograría aplastar a mi organización. Perder lo que hemos ganado.

Por eso mismo. Es una pelea más.

No. No. Estoy presa. Estoy presa por dentro y por fuera. Es mejor estar encerrada.

Nunca más vi al niño de M. ¡Qué lástima! Me hacía tanta ilusión. A ella sí, unos días después. Sonriente, perdida, volvió a hacerse cargo de las toallas. Nunca supo que tuvo un hijo. En un rincón de mi ser, la envidiaba, olvidarse de que se ha parido. Así de mal estaba yo. Resentida y amarga. Una de las locas, la más vieja de todas, era ciega. Se paseaba por entre las camas de la sala diciendo: De la ceguera, no me lamento jamás. ¡Jamás! Yo la escuchaba fascinada. Me preguntaba si habría *algo* que valiera la pena mirar. Mi niña. Aquellas tres sílabas, empapadas de desesperanza. MI-NI-ÑA. Me hervía la cabeza. Mejor encerrada. Estarán de acuerdo, ¿verdad?

Un domingo vinieron Flor y Jesusa de visita. Me encontraron pálida y delgada. No tenía nada que preguntarles ni que decirles. Las escuchaba a través de una capa plácida y nebulosa (eso es la lejanía).

Te estás saliendo del mundo.

Debes tener cuidado.

Ni siquiera te interesa la posibilidad de llevar a juicio al ministro. Olivia trabaja en eso y tú casi no la escuchas.

Las oía hablar de la prueba del ADN. Pero ni con eso... ¿qué juzgado en el país aceptaría irse contra los poderosos? Súbitamente desperté y las miré fijo, a ambas.

Formamos esta organización porque ya al comenzar estábamos heridas de muerte. Nos ayudó luchar juntas. Pero ¿qué pasa al final del camino, cuando se encuentra al ser perdido? Yo encontré a mi hija. ¿Qué harían cada una de ustedes en esta situación?

Pelear, respondió Jesusa.

Flor guardó silencio. Siempre dijo que prefería no encontrar a su hijo. Fue la única que se atrevió a decirlo. Que el daño sería inmenso. Que sustituir en su corazón el amor de los otros padres, el cuidado brindado, el hogar, no sólo era difícil. Era perjudicial.

La vida se me cortó en dos nuevamente, amigas, no quiero pelear.

Fue todo lo que dije.

No te conviertas en una paciente del psiquiátrico, fue todo lo que me dijo Flor.

Con el transcurrir de los días, me convencí de que estar presa era una bendición más que un castigo. No sabía cómo vivir y tampoco cómo resolver mi apatía y confusión. Mi matrimonio se había acabado. Quedaba mi organización, pero no volvería a presidirla. Tendría un papel secundario. Y peor que eso, no sabría cómo volver a trabajar allí. Había dejado de creer en la justicia. Así de simple. Y de irreversible. Debía tomar una determinación frente a lo sucedido: haber encontrado a mi hija. ¿Dejarla ir, sin más? ¿Recuperarla?

Miraba por la ventana y en vez de ventana aparecía su carita. Ante mi espanto, me rechazaba. Aquél era mi miedo más profundo: que se apartara de mis caricias, que se hubiera acostumbrado a la otra madre, que yo le pareciera poca cosa a su lado, que prefiriera su pelo rubio al mío. Volvía a mirar por la ventana y entonces aparecía la gran casa de ladrillos rojos, la que vio la adivina, y la ventana se transformaba en la única palma de mi jardín. Su construcción humilde. Mi pobreza. ¿Quién en su sano juicio no elegiría el lujo? El corazón se me apretaba de miedo, de puro miedo. De que llamara a su otra madre de noche, de que pidiera su otra cama, de que quisiera correr a la otra casa.

Los días me agobiaban como esas lluvias prolongadas y monótonas. Las respuestas también. Como los cielos de otoño, indecisos, cada hora me hacía cambiar de opinión. Pensaba todo el día, como una poseída, como una fanática, como mis compañeras de desventura: demente. A punto de sentirme legítimamente una de ellas.

A las diez de la mañana, mientras limpiaba los retretes, decidía cumplir bien mi pena, luego buscar trabajo, ser una ciudadana modelo, contratar al mejor abogado del mundo, recuperar a mi niña. A las doce, en la cola del almuerzo, optaba por la resignación. Debo empezar de nuevo, no puedo torcerle la mano al destino, tendré otros hijos, debo acatar la voluntad de Dios. A las tres de la tarde, sobre mi cama, tendida en el infortunio, no sabía qué querer. No tenía una gota de fuerza para decidir nada. Y una rara pereza me recorría el cuerpo. Un extrañamiento. Ay, si sólo pudiera cerrar los ojos, conseguir una mente en blanco. Recordé a mi gato de la infancia. Cuando regaloneaba conmigo y me lamía la cara, era mi gatito. Cuando se enfurecía o corría veloz por el campo, era un tigre, sus facciones, su color, sus rayas en la piel, sus garras, todo era de tigre, pero uno abortado. No alcanzó a ser tigre. Así me sentía yo.

El corazón nunca se aquietaba. Se me partía cada día y no sabía cómo pegarlo para acabar con la aflicción. Dijera mi cabeza lo que dijera, siempre merodeaba el dolor, siempre la rabia, siempre la pena. Como serpientes detrás de la mata. Alertas y sin reposo. Recordaba la terapia que nos brindaron en la organización. El psicólogo me advirtió: nunca dejará de doler. A veces te distraerás, otras te parecerá que el corazón se olvidó de tu pérdida. Pero algo pequeño ocurre y revive la herida. No esperes otra cosa. Debes aprender a existir, incluso a gozar, con esa herida allí, abierta o semi abierta. Nunca cerrada del todo.

Un día y otro día y otro más. Ay, mamacita, que volvía a poblarse la noche de aquellos tumores con forma de niña. Para aliviarme, traía el campo a mis ojos. Mis padres no supieron de mi condena. Así lo pedí yo. Ahorrarles esta calamidad. Tampoco leían la prensa. El ministro del Interior, astuto él, le bajó el perfil a la noticia. Pero igual hubo filtraciones. Los mismos que me alababan olvidaron la solidaridad. Se cansaron de mí. Fui decretada fuera de mis cabales y sentenciada a seis meses de prisión sin derecho a libertad condicional por necesidad de tratamiento psiquiátrico. Sin ese tratamiento, resultaba un peligro para la sociedad. (¿Yo? ¿Un peligro para la sociedad?) Me dio mucha vergüenza verme retratada así en los mismos periódicos que antes me convertían en heroína. ¡Cómo disfruta el público del árbol caído! Al salir del tribunal, hubo gente en la calle que me insultaba. Sentí la agresión y la venganza. Unos policías me metieron con fuerza y brutalidad a la furgoneta. Tampoco ellos tuvieron compasión. Me pregunté entonces *qué* habíamos hecho mi organización y yo. Qué miedos provocábamos, qué amenaza llegamos a significar, qué cimientos removimos.

Entonces, para respirar profundo cada mañana y agradecer esa respiración, me dije a mí misma: si te mientes cada día y finges indiferencia, llegará un amanecer en que te habrás vuelto indiferente. Prueba a hacerlo con paciencia. Al fin, hasta la voluntad duda y no sabe bien si la han convencido o no. Entonces, la mentira no se distingue, por lo tanto, no es más mentira. Porque la máscara se ha fundido con el rostro y ya son una misma cosa.

A los locos se les teme. A mí me inspiraban piedad. Su miseria era triste, tan triste.

Ser loco no es ser loco todo el día.

Curiosa enfermedad. Viene a ratos, luego se va. A veces, mis compañeras parecían sanas, hasta de cierta cordura, aunque de tanto vivir ahí nunca se era demasiado cuerda. Horrible institución la del psiquiátrico. Inútil, además. Tremendo era mantener una conversación sensata con alguien que al día siguiente no te reconocía. De repente se transformaban en otros seres humanos. Hablaban cosas incomprensibles. Algunas inventaban idiomas y entonces sí que no se entendía nada de nada. Son sobre todo los ojos los que cambian. No se fijan con intención, como en la cordura. Son ojos perdidos en otro mundo, uno que no se comparte. Qué solos están en esos momentos. Pero Elvira me decía que yo estaba más sola que ellos, porque yo me daba cuenta.

Difícil de entender, la locura.

Así será el infierno: sin redención. Para aquellas mujeres no la había. Y yo, a fuerza de ser tratada como loca, perdí las ganas de ser cuerda. Las visitas comenzaron a sobrarme. Empecé a olvidar las palabras sensatas, las que me gustaron tanto desde la infancia, las que aprendí con avidez en los diccionarios de Olivia. Por las que rogué más y más instrucción. (¡No te desanimes, mujer, si hay campesinos que incluso ganaron el Nobel!) Dejé de hablar. Dejé de lavarme. Cuando Elvira aparecía, siempre con una disculpa u otra para llevarme comida y aliento, yo fingía despertar. Por un ratito, le pegaba un manotazo al desgano.

Pero ella no se dejó engañar. Reconocía el letargo. Sabía de esa mañosa entrega que mataba poco a poco. Sabía que me estaba hundiendo. Y actuó.

2

Como por arte de magia, aparecieron unos fondos, una donación para armar biblioteca y cineteca en el hospital. (Hasta hoy sospecho que el dinero venía de la madre de Olivia.) Elvira convenció a la jefa de mi sección sobre mi *talento*. Como nunca di una razón de queja, ésta aceptó. Total, era difícil que una de sus presas/locas se luciera en algo y ésta era una oportunidad.

Volví a los libros. Y con ellos, de a poquito, a la curiosidad. ¡Cuántas cosas se ocultaban entre dos delgadas tapas de cartón! Había algunos en una sala agonizante. Trajeron más. Y una máquina para ver películas. Todo el material se concentraba en un pabellón anexo al mío. La reja pasó a ser un elemento del pasado. La cruzaba a diario. Salía a los jardines, a otros pabellones, a las oficinas de la administración. Poco a poco gané libertad. Llegaron películas. Algunas modernas, otras antiguas y muy divertidas.

Cada día le tocaba a un pabellón la sesión de cine. Llegaba yo puntualmente con el enfermero que trasladaba las cosas, destinado a acompañarme a todos lados. El cine empezó a tener más y más público. Y más custodia. El desorden que se armaba a veces era brutal. En las escenas de terror o de sexo, los internos o internas lloraban. O gritaban. O hacían gestos obscenos. En los pabellones de hombres debió prohibirse la masturbación durante las películas. Un día dejé la cinta andando y salí a hacer un trámite. De vuelta en la sala, al menos diez de los hombres se masturbaban frente a la pantalla. El semen lo salpicaba todo. Me espanté. Les dije a los enfermeros que pararan la película. Claro, fue un horror para mí, para nadie más. Con el paso de los días, hubo que *ganarse* el derecho al cine. Fue un premio que ayudó a los enfermeros a controlar más de una situación difícil. «Si no paras te quedas sin cine»: una frase más efectiva que un tranquilizante. Los internos habían visto algunas de las películas. En sus pasadas vidas. La nostalgia, entonces, arrasaba.

Los libros eran más difíciles de promover. El nivel de educación jugaba en contra de ellos. También los problemas de concentración. Empecé a pedir libros con imágenes. Revistas con fotografías. Aquéllas sí tuvieron éxito. A poco andar armé un club de lectores. Uno de lo más humilde, no se imaginen un club como en la ciudad. Lo componían pacientes bien comportados que se juntaban a leer en voz alta dos veces por semana. Creo que era una buena terapia. Logré que se les sirviera un té con galletas en medio de la sesión. Quién sabe si iban por los libros o por el té (siempre, siempre querían comer, a toda hora, lo que fuera). No importaba. Algunos pacientes, sobre todo hombres, eran profesionales que alguna vez leyeron mucho. Con esto recobraban algo de sus pasados. Y un poco de dignidad, junto con romper el aburrimiento. Es que, como producto de la falta de futuro, todos se aburrían. (No lo había pensado antes: los que se aburren son casi siempre los que no tienen la capacidad de parir algún proyecto, por pequeño que sea, los que no creen en el día de mañana.) Las medidas que usaba el hospital eran defensivas y burocráticas. Dentro del personal, nadie guardaba motivación por salvar a un enfermo. Por hacer la diferencia. Por eso me decían a todo que sí. Había fondos. Mientras se siguieran las instrucciones, mientras se medicara, mientras se mantuviera el orden. Por lo tanto, lo que yo hiciera daba lo mismo.

Variaron mis días. Dejé de mirar por horas el vacío. Incluso me cambié de ropa. No podía andar por todo el hospital en camisón. Ahora tenía un motivo para ducharme. Para vestirme. De los harapos —cuyo olor me daba náuseas— a un delantal café claro. A veces incluso a mi propia ropa. Trabajaba casi todo el día en mis programas. Ya jugaba otro rol. No constituía peligro para nadie. Las carceleras ni me acompañaban. Olvidaron que yo era una presa. Cómo no, si andaba por el hospital libre como un pájaro.

Estaba peinando a la Bizca. Le gustaba tanto que le trenzara el pelo. Castaño, ralo, muy dañado, algunas canas prematuras. Cantaba arias de ópera cuando sentía mis manos en su cabeza. En algún pasado remoto había sido una mujer educada. Estaba allí por intento de asesinato, a sus suegros. Ya habíamos comido —carne dura con papas, siempre papas— y veíamos la tele en nuestra sala. De repente, interrumpieron la telenovela. Un flash noticioso. Todas las que miraban se indignaron, la telenovela era sagrada. En la pantalla, muy excitado, un periodista anunciaba un acto de terrorismo: habían secuestrado a una hija del ministro del Interior. (¿Una hija del ministro? Mi hija. Luego me pregunté cuántas hijas tendría. Supuse que si fueran varias, no habría robado la mía.) Indecisa, solté el mechón de pelo de la Bizca. Luego lo pensé bien y abandoné la sala, haciéndome la distraída. Como ya nadie me vigilaba, partí a la salita del teléfono. También había allí un aparato para llamar al exterior. Me comuniqué con Olivia.

Efectivamente se trataba de mi hija. Un grupo de guerrilleros. Un comando revolucionario. Proponían canjear a la niña por unos presos políticos. En la acción había muerto un guardaespaldas. La mujer rubia lloraba y lloraba por la televisión: devuélvanme a mi hija. Castigo de Dios. ¡Quién la mandó a robar! Olivia me consoló. Que la niña pasaba a ser una moneda de cambio, que la cuidarían como a una porcelana fina. Que no me angustiara.

Mi niña secuestrada. A mi lado habría estado a salvo. El mismo poder que me la negaba la ponía ahora en riesgo. Ella no nació para esto. Pertenecía a una familia humilde: allí debería haber permanecido.

Mi niña secuestrada. Como ráfaga de metralla, todo el día esa frase bombardeando mi cabeza. Acudí al único diccionario de la biblioteca del psiquiátrico. Busqué el verbo «secuestrar». De las cuatro acepciones que daba y que yo anoté con aplicación, la primera me gustó más que las otras. Decía: «Depositar judicial o gubernativamente una alhaja en poder de un tercero hasta que se decida a quién pertenece.» Los guerrilleros jugaban a ser los terceros. En su poder, la alhaja, mi niña, hasta decidir a quién pertenecía. Me empezaron a gustar los guerrilleros.

Para distraerme, redoblé la actividad. Ustedes se preguntarán, con justa razón, cómo se redobla la actividad en una cárcel u hospital. Pues bien:

encontré en la biblioteca, escondidos entre unos libros de botánica, cuatro cuadernos en blanco. Viejos, húmedos, sus tapas eran verde musgo. Las páginas tenían líneas, incluso blancos en la parte superior e inferior, con márgenes y todo. Listos para ser llenados. Me pregunté para qué habrían servido alguna vez, qué uso se les daría, cuántos años llevarían esperando en ese estante y me los apropié. Decidí instalarme en la biblioteca todas las horas libres que tuviera, no volvería a mi habitación más que para dormir. Nadie se daría cuenta, si ya no me consideraban ni loca ni presa. El día del descubrimiento, con mucha concentración, observé los cuadernos. Eran sólo cuatro. Y más bien delgados. No me quedó más remedio que dividir mi vida en cuatro partes. Total, tampoco necesitaba tantas páginas. Tomé el primero y le puse mi nombre. En el segundo, el nombre de Olivia. En el tercero, el de Elvira. Los pilares de la solidaridad, así lo pensé. Dejé el último en blanco.

Como no les estoy relatando un cuento de suspenso sino mi propia historia, iré directa a los hechos.

Elvira no apareció durante unos diez días. No llegaba a las sesiones de cine en su pabellón. Tampoco se paseaba por el mío ni por el patio/jardín.

Me inquieté preguntándome si no estaría en problemas. Por fin llegó una noche a mi sección y sin disculparse siquiera ante la celadora, tomó mi brazo y me llevó consigo. El pabellón de Elvira era el de los locos/presos, equivalente al mío, pero en masculino. Desnudo el pasillo, lo recorrimos a esas horas muertas. Sentí gemidos tras una puerta. Sabía perfectamente qué puerta era aquélla: daba a la *sala de contención*. Un lugar de reclusión y castigo. Allí iban a parar los locos de remate. O los muy peligrosos. Oí un llanto y, aunque breve, sonaba como un llanto de verdad. Uno con motivo, no la repetición cansada y monótona del llanto de los pacientes. Suenan distintos unos de otros. Pobre hombre, debía de estar amarrado con camisa de fuerza. Ya en la oficina de Elvira preparamos el café que tanto me gustaba, ese café grueso y fortificante. Noté una expresión exhausta en su rostro, ella que con nada se cansaba.

Me contó lo siguiente.

Dos semanas atrás había recibido la llamada de una amiga y colega que trabajaba en un centro de reclusión pequeño y muy exclusivo, dependiente de la policía y no del Ministerio de Salud, como el nuestro. Durante estos años, su amiga no había debido recurrir más que a los primeros auxilios y se encontraba frente a una situación que la sobrepasaba. En sus manos dejaron a un hombre —un preso— que, por sus lamentables condiciones físicas, debía ir a un hospital y no a una cárcel. Acudió a Elvira ya que era bien sabido que al psiquiátrico llegaban a veces presos muy enfermos que ya recuperados volvían al centro de detención o a la cárcel. Pero Elvira le explicó que en tales circunstancias no se trataba de favores personales, que ella sólo se haría cargo si su propia institución se lo exigía. De inmediato la llamó el director de nuestro hospital, ese viejo alcohólico al que todos detestaban, y la envió allí en comisión de servicio.

Estaba demacrada. Haciendo doble turno. Cuidando a un preso que —por *razones de Estado*— no podía ser trasladado a un centro asistencial. Una imposición *desde arriba*. No, no es un delincuente común, me dijo. Es un revolucionario, o un terrorista, como sea. La policía lo tiene escondido allí. Nadie lo sabe. Por seguridad, por si deciden rescatarlo. Y porque está hecho tiras. Es un secreto, tampoco tú debes saberlo. Una guardia policial se instala todo el día frente a su puerta. Sólo se van de noche, por algunas horas. Entonces queda enteramente a mi cargo. Es mucha la responsabilidad. Me faltan horas de sueño.

¿Está malherido?

Tiene una herida de bala. Y además lo torturaron. Es un solo nudo de dolor.

Participó en el secuestro de mi hija, ¿verdad?

Sí.

Por eso no me lo habías contado.

Sí.

Cuéntamelo todo, entonces.

Lo tendrán escondido hasta que se recupere de las heridas. Para poder llevarlo a juicio sin señales de violencia. Hay mucho revuelo, se ha armado una campaña a su favor. La prensa insiste en saber qué ocurrió. No saben si vive. Oficialmente, está desaparecido. Tenemos instrucción de medicarlo, ya sabes, que pierda un poco la memoria. Luego lo harán aparecer, con el cerebro blando. Lo que les interesa es que formalmente sea un juicio público, *legal*, y que los organismos internacionales no tengan nada que reclamar.

Miré a Elvira con tal intensidad que temí desaparecer en el café de sus ojos. Sin embargo, tras la línea oval de su cara, percibí algo. Una cierta luz.

¿Por qué me llamaste, Elvira?

Porque voy a renunciar. Prefiero morirme de hambre a ser cómplice. Si desobedezco instrucciones, rompo mi juramento. Ingreso en las *listas negras*. No vale la pena. Prefiero irme.

¿Irte? ¿Cuándo?

Cuando lo vea mejor, al prisionero.

No le estás dando esa medicina, ¿verdad?

No. Estoy cuidándolo para que vaya a juicio, pronto y lúcido. Para que lo saquen de allí. Llevo diez noches a su lado. Limpio sus heridas. Hablo con él.

No quieres silenciarlo, ¿verdad?

No. Pero eso también es un secreto. Cuando entra el doctor o la policía, él finge. Delira, murmura incoherencias. Al llegar, pobrecito, parecía enloquecido. Gritaba mucho. Cualquier contacto lo asustaba. Tuvo que confiar en mí, no le quedaba otra.

¿Qué tipo de persona es?

Un intelectual. Con educación universitaria, bien formado.

¡Qué extraño! ¿Cómo llegó entonces a guerrillero?

Elvira rió.

Yo diría que es más bien típico. Ya sabes, a más grados en filosofía, más balas. Acuérdate del Ché y sus amigos.

Y éste secuestró a mi hija... ¡Dios mío!

Ella está sana y salva. La cuida una pareja de su movimiento. Como ves, ya lo averigüé.

Miraba fijo a Elvira, sin encontrar las palabras que diesen cuenta de mi enorme turbación. Quise ser muda para siempre. (Los mudos lloran como si hablaran, sólo en el llanto se igualan con los normales. No lloré.)

Volví a la tierra, volví a la realidad.

Así es que te vas, dije después de un rato, apenada.

No quisiera abandonarte. Pero tampoco puedo abandonarme a mí misma.

Has hecho tanto por mí, Elvira. Además, ya pasó lo peor de mi estadía aquí. Me queda poco tiempo.

Así lo pensé. Ahora, ándate a la cama. Que no te pillen en este pabellón.

¿Pillarme? No hay cuidado, si ya nadie me controla.

Tres días después, apareció Elvira en la sesión de cine en el pabellón de los locos/locos. Ven esta noche, me dijo al oído.

Fui.

Tengo dos cosas que decirte.

Escucho.

Tu hija es diabética, ¿lo sabías?

No.

Otra vez me convertí en la muda. Es que me dolía el corazón. Ahora esto, una diabetes. Vamos acumulando pesares. Guardé un silencio más o menos largo. Luego Elvira lo interrumpió.

¿Alguien en la familia?

Sí, mi suegro. ¿Cuán grave es?

Con las dosis de insulina adecuada y una vida también adecuada, se controla. Los tratamientos hoy son estupendos. Y el ministro tiene acceso a los mejores.

Su vida será complicada, ¿verdad?

Sí, un poco.

¿Cómo te enteraste?

Mi guerrillero.

¿Cómo se enteró él?

La mujer rubia. Contactó con el movimiento, subterráneamente, justo antes de que él cayera. Para que le administraran la insulina. La prensa lo ignora.

Silencio. Silencio. Silencio. Nada que decir. Nada que preguntar.

Hay una segunda cosa.

¿Sí?

Él te conoce. Ha preguntado por ti y quiere verte.

En algún lugar de mi trastienda, yo lo imaginaba. Quizá en la retaguardia del corazón. Mi príncipe. Elvira, al romper el mandamiento del silencio, empezó a romperlos todos. Su única tarea antes de renunciar y partir era llevarme donde él. ¿Cómo?, le pregunté. De noche, al partir la guardia. Tenemos cuatro horas, hasta el alba. Te disfrazaré de enfermera, entrarás conmigo. Pero luego debes volver aquí, es la única forma de protegerlo y de protegernos. Si desaparecemos las dos, nos descubrirán.

Que sea aquí el resto de la vida. Eso pensé cuando me vi en su presencia. La penumbra distorsionaba la pequeña celda de castigo y su figura, tendida en una angosta camilla metálica, parecía la de uno que agoniza. Estaba desnudo bajo la sábana que lo cubría. Retiré la sábana y recorrí con la mirada cada centímetro de su carne para constatar que vivía. Entonces él abrió los ojos. Busqué su pupila, busqué su color. Eran menos verdes que en mi recuerdo. ¡No vaya a ser que la ausencia de alegría destiña sus ojos!

Eres tú.

Sí, eres tú y soy yo.

Al fin, dijo bajito.

Movió su mano buscando la mía. Sentí la falta de aliento en mi espíritu y el desánimo frente a mi propia mediocridad. Supongo que era su ostensible dolor el que me lo inspiraba. Fui en busca de la única silla que había en la celda y me instalé a su lado. Me tomó suavemente del pelo para que apoyara mi cabeza en su pecho. Entre vendas, cicatrices y pequeñas quemaduras donde lo había tocado la picana, rociadas con antiséptico. Temí hacerle daño, tonta yo, si todo el daño posible estaba hecho.

Siempre vuelvo a la casa al lado de la carretera, me dijo con la voz muy baja.

Yo también, le respondí.

Al menos tú te casaste.

Sí, porque sabía que no volverías. ¿Sabes cuánto esperé?

Quise tanto hacerlo... pero no podía... no en la clandestinidad...

La voz se le debilitó y empezó a toser.

No hables, le dije.

Algo malo sucedía con su cuerpo, una convulsión. Se sacudió con violentos espasmos. Fui en busca de Elvira, instalada en una pequeña sala vecina a la celda. Supo de inmediato qué administrarle. Mientras vertía unas gotas en los labios secos de mi príncipe, me advirtió que aprovechara el efecto del medicamento para convenir cualquier acción futura, ya que le daría una lucidez momentánea.

Unos minutos después, ya recuperado, me habló y sus palabras eran moduladas con toda nitidez.

Debes avisarles a los compañeros que estoy vivo. ¿Tienes acceso a un teléfono?

Le respondí que sí. Me hizo anotar un número. Debía marcarlo y destruirlo de inmediato. Sólo avisar cuál era su paradero. Con ello dábamos comienzo a la cadena de prensa, comité de derechos humanos, denuncia, escándalo. Y estaba el asunto de la insulina de la niña. El aviso de la mujer rubia tenía un doble filo. Protegía a su supuesta hija, pero, a la vez, la policía controlaba secretamente a cada comprador de insulina de la que ella usaba en la ciudad.

Un señuelo. Ya había sucedido antes de que él cayera. Sin consecuencias, el que fue apresado no conocía el lugar del secuestro. Sólo los establecimientos médicos se salvaban de la revisión.

Yo la llevaré.

Tú estás presa.

Escaparé.

Podría habérselo pedido a Elvira, lo sabes, ¿verdad?

Sí, lo sé.

Se parece mucho a ti... tu hija.

Volvió sobre su cuerpo el infinito cansancio que se apoderaba de él. Cerró los ojos.

Es raro, recuerdo haberle dicho, después de tantos años, nos corre el mismo aliento por las venas.

Y la misma niña disputada. Las casualidades son de los libros, no de la realidad, y la elección del objeto del secuestro no era casual. Él siguió mi caso por la prensa. Él eligió a mi hija. Ahora elegía devolvérmela.

Todo quedó en silencio, como si una bruma nos envolviera. Supuse que dormía aunque su sueño no parecía sereno ni reparador. Lo acaricié, no dejé un momento de acariciarlo, las yemas de mis dedos sobre cada recoveco de ese cuerpo amado. Transcurrió el tiempo, una hora quizá, cuando yo necesitaba con desesperación que el tiempo se detuviera.

Hasta el alba, dijo de repente, despacito, con los

ojos aún cerrados, haciendo presión en mi mano que no soltaba.

Sí, ¡que no llegue, que no llegue nunca!

Como Romeo y Julieta, dijo con una leve sonrisa.

Volvió al silencio y al descanso inquieto.

¿Crees que voy a morir?

No, no, yo creo en la misericordia.

Con infinito cuidado busqué sus labios y lo besé. Que tu alma me santifique, que tu cuerpo me salve, que tu sangre me embriague. Rezaba, yo, que creía haber olvidado todas las oraciones.

Apenas hablamos. (En casa de Olivia vi la fotografía de una escultura: una madre con su hijo desfalleciente en brazos. Es italiana, me dijo, muy famosa. Retrata la piedad.) Así fueron esas horas. Mi hombre, herido y en cautiverio, era también mi hijo.

Avanzó la hora y el mundo pareció oscilar entre la oscuridad y la claridad. Me aferré a su cuerpo como al último eslabón de una cadena que me arrancaba para siempre de algún lugar, no sabía con certeza de cuál. Su cabeza resplandecía bajo la extraña luz previa del amanecer.

Dentro de tus llagas, escóndeme.

Y llegó el alba.

De regreso en el psiquiátrico caminé por los pasillos con lentitud. El gris enfermizo de sus muros me asolaba. También la pesadez del silencio. Y caí en cuenta: quien ha perdido un hijo ya no vale nada. Ha muerto doblemente. El abrazo del príncipe no me arrancó de la soledad.

Al día siguiente fue Olivia a verme, consiguió entrar como abogada pues no era día de visitas. Contenta de mi recuperación, del color en mis mejillas, sólo las ojeras no le gustaron. (Cómo no, si me había pasado la noche en vela.) Hacendosa como siempre, ella traía un nuevo plan para mí. Sólo necesitaba mi consentimiento. Una beca en el extranjero. Una diplomatura en Servicio Social. Una corta antesala para trabajar en una fundación importante dedicada a la investigación del tráfico de órganos.

O eso o los tribunales, dijo Olivia. Cualquier intermedio es inútil: o vamos a la justicia o dejas el país.

(O tratas de recuperar a tu hija o la dejas vivir en paz.)

La escuché con desapego. Sus palabras me sonaban a otro mundo. Uno allá lejos, a una distancia inconmensurable. Donde ocurrían hechos irreales. Pero no lo dejé entrever. Sí. La beca me parece lo mejor, le dije, ya sabes que de la justicia no espero nada. Discutimos un poco. Construir la vida es más difícil que morir, me dijo; luego agregó: lo dijo un poeta ruso, no yo. Nos abrazamos. Ya ríes de nuevo, me dijo, estamos salvadas. La miré irse, caminar hacia la salida de la asquerosa sala de visitas. Por primera vez le había mentido. A ella, a quien yo tanto quería.

Hablé esa noche con Elvira, su última noche. Partiendo ella, yo haría aquella llamada. Los organismos de derechos humanos intervendrían. También la prensa. No podrían liquidar al príncipe. Sin mí lo van a dopar, le medicarán toda esa porquería. No, contesté, si actuamos con rapidez y coordinación, no alcanzarán a hacerlo. También le pedí la insulina.

Piensas escaparte, ¿verdad?

No le respondí, para aliviarla de toda responsabilidad. Pero la malicia que ella vio en mis ojos fue suficiente.

No seré yo quien te delate, me dijo.

Otra vez me faltaron las palabras. La muda. Ése era mi nuevo yo.

No hagas esa llamada hasta que yo me haya ido, me pidió Elvira. Viajaré mañana mismo hacia el sur, fingiré una enfermedad de mi madre y partiré a mi pueblo. Sólo al llegar daré aviso, para evitar presiones. Ya sabes, el director me quiere allí, en el centro de reclusión.

Olvídate del director. Cuando esto salga al aire, será de los primeros en caer.

Tienes razón. Mejor aún, pasaré el vendaval bien lejos. Y me sentiré limpia.

Y valiente, pensé.

Nos despedimos. La insulina quedaría al lado de la llave, en su escritorio. Nos fue difícil soltar el abrazo. No había forma humana de darle las gracias.

¿En qué lugar estaremos las dos cuando nos volvamos a encontrar?, me preguntó.

¡Quizá qué tiene pensado el destino! Ojalá no sea muy severo con nosotras. Aspiro a que algún día se vuelva juguetón.

3

Mientras Elvira viajaba y mis compañeras gemían o hablaban solas, tendidas sobre sus camas después del almuerzo, me paré frente a la ventana y observé con detención. El paisaje no era hermoso, pero la libertad estaba allí. En esa loma, en esa carretera, bajo esos árboles raquíticos. Recordé cuánto respetaba mi madre los cuatro elementos. Casi con superstición. Sólo se alcanza el contento cuando se tienen los cuatro bien amarrados, decía allá en el campo. Por un instante creí que todo era perfecto. Al fuego lo atrapé yo, pensé, a propósito de la noche en el centro de reclusión. Sólo un cristal me separa de la tierra y del aire allí afuera, los siento ya, en la yema de los dedos. Ni siquiera los añoro, por qué habría de hacerlo si los tengo casi apresados. Falta el agua. El agua llegará cuando abrace una vez más a mi niña. La fuga.

Extraña sensación, la de tener parte de la vida de aquel hombre en mis manos, qué enorme regalo de los ángeles. Pensé en el significado del amor. Esa palabra debe pronunciarse con un cuidado especial para no dañarla. Cuando, al alba, dejé el pequeño cuarto que él ocupaba, me sentí hinchada por mis posesiones: el número telefónico, la dirección con la contraseña y sus manos y su boca para toda la eternidad.

A las seis de la mañana hice la llamada.

Ay, mamacita, ¡qué largo y tenso fue ese día! Cosí como nunca las sábanas en la terapia matinal. No nos dejaron salir del dormitorio luego del almuerzo. Pasamos las horas encerradas y sin noticias de por qué se nos cortaba nuestra rutina. Mejor para mí, ya que, de puro culpable, temía que alguien me mirara con ojos sospechosos. Cuando salí a hacer mi trabajo, el guardia que siempre me acompañaba me avisó que se cancelaba el cine. Contó que había personal del Ministerio de Salud visitando el hospital. Empecé a recorrerlo en busca de indicios. Nadie parecía interesado en los hechos, no sé bien si por temor o por costumbre de que nada de lo que allí sucediera podría cambiarles el destino.

A la noche, le ofrecí trenzas a la Bizca, para que mi expresión no me delatara a la hora del noticiero. Vi un trozo de la telenovela, para disimular. Cuando empezaron las noticias, escuché palabra por palabra. Apareció primero el director del centro de reclusión ofreciendo su renuncia. Pidió además la renuncia de un par de funcionarios de su servicio y del director del hospital psiquiátrico. Luego el ministro de Salud declaró que efectivamente habían encontrado al prisionero y que se iniciaría una investigación interna para aclarar los hechos. Y para encontrar a los responsables. Que era una vergüenza para el país y para el gobierno. Luego aparecía la jefa de la Cruz Roja Internacional, una francesa que hablaba muy mal nuestro idioma, diciendo que se estaba evaluando el estado de salud física y mental del prisionero. Que mantendrían a la gente informada. Mostraron fotografías de distintos momentos de su vida. Dieron su verdadero nombre.

Una cruz y una corona para mi príncipe.

Sólo la enfermera a cargo de mi pabellón pareció interesada. El resto no escuchó, cada una en su mundo propio. Escondida por las trenzas y la voluminosa cabeza de la Bizca, sentí la euforia. De saberlo vivo y bien. De que la operación hubiera resultado tal cual la pensó él. Pero la euforia no estaba sola. Se adhería a la tristeza porque lo había vuelto a perder.

Qué he sacado con quererte, ayayay. Ay.

Esa noche me quedé muy tranquila en la cama. El hospital parecía vacío sin Elvira. Un monstruo gigante, sin un habitante amigo. Por verme envuelta en tanto desamparo, soñé.

En el sueño, yo tenía dos perros grandes. Ambos con alas, volaban, me acompañaban, me cuidaban. Con ellos hacía las tareas del campo, ayudaba a nacer a los terneros, daba alimentos a los pollos y era feliz. Los perros se cruzaban y yo les pedía que me embarazaran. Porque quería tener un hijo con alas, como ellos. Pero se desató una tormenta y salí volando y se perdieron de mí. Los llamaba, desesperada, para que fuéramos a ver el trigo. No respondían. En cambio, aparecía un toro —también con alas—, me montaba en su grupa y me llevaba a recorrer el cielo. Sentándome en las nubes, me decía que yo no necesitaba alas, que él estaba a mi servicio. Una lluvia fuerte me arrojaba lejos de la nube y yo caía y caía interminablemente. Justo antes de llegar a la tierra y hacerme pedazos, me salvaba el toro. Y me nombraba directora del infierno. Yo tenía que elegir quiénes iban a qué pieza del infierno, porque éste tenía distintos espacios, unos mejores que otros. Iban de lo peor hasta lo casi soportable. A una rubia con un collar de brillantes la mandaba al más malo. Llegaba un niño harapiento que había robado una cucaracha. Yo le susurraba que se fuera por otro camino hacia el cielo, nada tenía que hacer aquí. Pero el toro me oía y se desataba un ruido de fuego y piedras que caían. Yo me abrazaba al niño. No lo solté nunca. Y juntos fuimos devorados en el espacio.

Al despertar, conmovida y aterrada, traté de buscar una explicación. Una que habría dado el terapeuta aquel que trabajaba con nosotras. Poco a poco llegaron las respuestas. Sí, mi vida había sido rota muchas veces por cataclismos, nunca lentamente o por opción, del campo al pueblo, del pueblo a la ciudad, del anonimato al liderazgo, de la libertad a la prisión. Vi mi condición de mujer como algo que podían arrancarme de cuajo, los perros, el toro, el infierno, todo ajeno o duro, al fin, nada mío. Y cómo no, las ganas de salvar a mi hija, a costa de todos, como el primer día. Ella era el niño de la cucaracha que va a vivir con otros padres, simbolizados por el infierno, lugar al que llega indebidamente. Y yo deseo devolverlo a mí, que soy el cielo. También en el sueño fracaso. Termino matándolo al no soltarlo. Como la Llorona.

IV
—

FLOR

1

La potencia está en la necesidad. Y la mía era escapar. Por supuesto, me favoreció el caos en que se sumió el hospital luego de la renuncia del director. A los pacientes les daba lo mismo, ni se enteraron. Pero los empleados andaban distraídos. Miraban por las ventanas como si no entendieran nada. Policías. Revolucionarios. Presos secuestrados. Todo eso era ajeno a ellos. Quebrada la autoridad, deambulaban como huérfanos.

El camión del almacén, así lo llamaban, era una furgoneta cochambrosa que cruzaba los muros grandes cada día, muy temprano en la mañana. Repartía los víveres. Desde la carne que comían los doctores hasta la maicena grumosa que nos daban a nosotras. La había visto en mis idas y venidas a la oficina de Elvira. (Ya había averiguado a qué hora llegaba.) Estacionaba en un zaguán que daba a la cocina de la casa principal y se estaba un buen rato allí. Sospecho que el chófer tomaba el desayuno con alguna auxiliar mientras un empleado, un pinche de cocina, quizá, desempacaba.

Mi objetivo era cruzar los muros del hospital dentro de ese camión. Tan cotidiano, nadie lo revisaba ya. Como a mí. Así, decidí esa noche no dormir. No existían los despertadores en mi pabellón, tampoco los relojes. Temía que algún cansancio pegado al cuerpo me jugara una mala pasada y el sueño pudiese obstruir mi plan. Cuando todas dormían, incluida la celadora que hacía la guardia, me dirigí al armario donde se almacenaba *la ropa blanca*. Lo de blanco es un decir, pero así lo llamaban. Robé de allí la bolsa de paño que se usaba para las toallas sanitarias —casi siempre vacía, no importaban los días de sangre— y decidí convertirla en mi cartera. Metí tres cosas en su interior, junto a mi monedero: la insulina, los cuadernos y una muda de ropa, la que me trajeron cuando empecé a trabajar en el hospital (cuando necesité vestirme). Con ella pegadita al cuerpo, me metí en la cama y me arropé bien, por si despertaba la celadora o alguna de las internas trataba de dormir acompañada. Esperé. Esperé hasta que por la ventana —la que nunca tuvo cortinas— penetrara el primer rayo de luz. Pequeñito el rayo, débil como una sonrisa recién empezada, frenada por la timidez. La celadora de guardia contaba con una especie de habitación para ella, a la salida de la pieza enorme donde dormíamos nosotras. Digo «especie de» porque tenía cuatro paredes pero no tenía puerta. Desde allí —se supone— nos cuidaban. Locas y todo, éramos presas, no hay que olvidarlo. Estábamos allí por un delito. Pero el hospital era tan miserable, los sueldos que pagaban tan bajos, que sus empleados actuaban acorde a ello. Nadie se comprometía con el trabajo, como bien lo vimos aquella noche en que parió M. y descubrimos que la celadora de turno ni estaba allí.

Cuando divisé el primer haz de luz, la adrenalina me ahogaba por dentro, tanto era así, que temí que mi cuerpo partiera disparado. ¡Cuánta ansiedad, mamita linda! Me levanté en puntillas. El linóleo del piso estaba helado pero al menos no crujía como la madera. Salí del dormitorio. Atisbé a la celadora: dormía como anestesiada. No parecía temer por el destino de las treinta mujeres a su cargo. Caminé con toda seguridad hasta la reja que nos aislaba, la abrí con la llave que me había mostrado Elvira y que ya había usado mil veces y me dirigí a la sala del teléfono. No era mi deseo hacer una llamada, lo que necesitaba era el uniforme de enfermera de Elvira. Siempre había dos o tres colgando de las perchas y me pareció que dejarlo allí, a la vista, era la mejor forma de esconderlo. Disimulé la camisa de dormir guardándola bajo el sillón y me vestí. Por debajo de la ropa me colgué la bolsa, pasando su cordel por el cuello, y por encima el uniforme. Semejaba una embarazada. El uniforme era muy importante. Debía salir al aire libre para cruzar desde mi pabellón hasta la casa principal. Eso requería al menos cinco minutos caminando al descubierto. Algún vigilante podía divisarme desde el interior.

Ya vestida de enfermera, recorrí un pasillo determinado hasta dar con la sala vacía donde acumulaban muebles en desuso. Había divisado allí, entre el jergón y las patas metálicas de una camilla, un paño grueso y largo. Un fieltro. Sucio y áspero, su lana sin conglomerar daba el color exacto. Gris ratón. Como los vestidos de mi madre. Lo tomé y doblé en cuatro. La imagen: una enfermera llevando una frazada.

Comprobé por la ventana de aquel pasillo lateral la llegada de la furgoneta. Allí estaba. Como esperándome. Salí del pabellón. Los cinco minutos al aire libre se me multiplicaban a cada paso por la gravilla. Prohibido correr. Calma. Calma, me repetía. Me detuve en la esquina del zaguán. Bien escondidita, observé. El chófer brillaba por su ausencia. El chiquillo que descargaba acumulaba una gran cantidad de paquetes, se los echaba lentamente sobre los hombros y cuando ya estaba cargado como burro, se dirigía a la puerta de la cocina. Para hacer menos viajes, deduje. Lo observé hacerlo dos veces. Conté —no tenía reloj— cuánto tardaba entre una operación y otra. Me daba el tiempo de sobra para caminar por el zaguán vacío, acercarme al camión por la derecha y subirme al asiento trasero. Ya tendida allí, en el piso del vehículo, me cubriría con el fieltro. Agradecí ser menuda y más bien bajita. Para el chiquillo, resultaría invisible desde atrás, donde descargaba. No tanto para el chófer. Pero cuando me viera, si me veía, ya estaríamos fuera. A cada minuto su propio afán.

Fue potente porque era necesario. Así escapé del hospital psiquiátrico. Así dejé atrás el olor a orines y a trapos mojados. Si hubiese sido una cárcel, claro, mi victoria habría tenido otro canto. Pero no existían las torres de control ni los soldados con metralletas en ese lugar olvidado de la mano de Dios.

Por si les da curiosidad: no, el chófer nunca me vio. Se fue silbando por el camino, siempre una misma canción. Sólo la interrumpía para eructar, dando fe de que el desayuno lo había contentado. Ya estacionada la furgoneta bajo techo en un garaje al lado de un enorme almacén, ni miró ni cerró con llave. Simplemente se fue. Esperé unos cinco minutos, más o menos. Respiré profundo al zafarme del fieltro. Aún dentro del camión, liberé a mi pobre cuello de la bolsa y a mi cuerpo del delantal. Lo guardé cuidadosamente entre mis cosas, por si volvía a necesitarlo. Y caminé, aparentando seguridad, hasta el paradero de buses más cercano. Totalmente desorientada, no tenía idea de dónde me encontraba. Parecía un pueblo pequeño, de los que rodean la capital. Pero yo sabía hacia dónde dirigirme. Había memorizado la dirección y buscado en la guía telefónica de la oficina de Elvira. El centro de la ciudad conducía a todos los caminos. Partí a buscarlos.

2

Montada arriba del bus, la vida me pareció fresca y dulce. Como un durazno en su punto, carnoso y amarillo. Ni una sombra. Veía a los demás, a mi lado, mortales y silenciosos. Pero a mí nada parecía alcanzarme.

Ya en mi lugar de destino, me permití gastar algunos minutos en comprar un juguete y unos caramelos.

La casa era modesta, de un solo piso, y toda pintada color té con leche. Formaba parte de un barrio de clase media en el lado poniente de la ciudad. Hacia el exterior, sólo fachadas. Supuse pequeños jardines en sus patios traseros. La calle era pequeña y tranquila. Pensé que los que allí habitaban debían de ser honestas personas de trabajo. Esa impresión daba. Todo limpio, todo amable. Eran las diez de la mañana.

Toqué el timbre.

Las cortinas estaban echadas en las dos ventanas delanteras de la casa. Vi cómo una de ellas se movía.

Luego abrieron un cerrojo, después la puerta. Sólo un poquito.

Di la contraseña, la puerta se me franqueó. Era una mujer joven, le calculé unos treinta años y un par más. Sin una huella de maquillaje, vestía como una ama de casa común y corriente. Vestidito abotonado, chaleco tejido a mano sin abrochar. Tenía el pelo tomado en una cola. Sus ojos eran castaños y afables. Intuí que se disfrazaba. Que en el armario la esperaban impacientes sus vaqueros. Me hizo pasar, sin dejar de observarme. Yo estaba al tanto de que el movimiento era tremendamente compartimentado y que nadie se conocía con nadie. Exagero, pero era más o menos así. Para que no se delataran si caían. Por lo tanto, no me sentí insegura. En la lógica de ellos, era natural que esta mujer y yo nunca nos hubiésemos encontrado.

La inocencia que se respiraba en esa casa era absoluta. Habían hecho un trabajo magistral. Nada en ella hablaba de revolucionarios ni de secuestros. Un policía pasaría de largo frente a ella, sin duda. Por un pasillo angosto y oscuro, con puertas en sus costados, aterrizamos en una cocina amplia. Muy ventilada. Me ofreció asiento y un café. Se lo acepté encantada.

Le pregunté si estaba sola.

Mi marido fue a trabajar, me respondió. (¿Lo diría en broma?)

¿Cómo la dejan así de abandonada?, pensé. ¿Y si llegara la policía? ¿Debía enfrentarlos sola su alma? ¿Y dónde estaba mi niña? Quizá tras esas puertas cerradas que daban al pasillo se escondían hombres de metralleta en mano. Quizá la pequeña estaba amordazada adentro de un armario. La ignorancia sobre el tema me jugaba malas pasadas.

Mi anfitriona preparaba el café de espaldas a mí. No me ofrecía conversación.

Traje la insulina, dije, a bocajarro.

¿Varias dosis?

Sí.

Eso está bien, dijo.

Giró hacia mí y estiró las manos, como esperando mi entrega.

Abrí mi bolso.

Le traje, además, un juguete. Un rompecabezas.

Me miró como si no entendiera.

A la niña, insistí.

¿A mi hija?, sonrió con cierta ironía. Dios mío, pensé, ¿cuántas madres tiene mi pobre niña? Y pensé que sus dientes eran muy filudos. Se veía más bonita con la boca cerrada.

No le faltan juguetes, agregó. Pero está bien... luego se lo entrego.

¿Puedo verla?, pregunté, haciendo un esfuerzo por engrosar el hilo de mi voz.

No es necesario, respondió sin titubear.

A esta hora, ¿qué hace?, ¿juega?

No abandona su dormitorio hasta el almuerzo, contestó.

No me miraba. Estaba concentrada en los paquetes de la insulina.

Los iré a guardar. Por favor, si silba la cafetera...

No te preocupes, me hago cargo.

Y la cafetera silbó y ella no estaba ahí. Me levanté, vertí el líquido ardiente en los dos tazones que había dejado sobre la mesa. Miré en torno a mí. La mujer no se veía por ningún lado. Y en ese instante recordé a Elvira: si uno rompe el primer mandamiento, no cuesta nada romperlos todos. Saqué mi monedero de la bolsa blanca. Extraje de él las pastillas que había guardado. Las que me daban cada noche en el hospital para matarme durante el sueño. Al principio las tomaba, era rico sentir que moría por ocho horas. Pero cuando resolví dejarlas, las guardé cada noche con cuidado. Eran joyas, imposibles de conseguir para el que no estuviera enajenado. Estos medicamentos eran insípidos, quizá los recubrían muy bien y me constaba que podías tomarlos sin percatarte. Así funcionaba con las internas, que no se enteraban hasta qué punto las aniquilaban diariamente. Probé una noche a disolverlos en una taza de café cargado, uno de aquellos cafés que tomé con Elvira. Mezclado con el azúcar, pasaban desapercibidos. Más que medicamentos, eran verdaderas drogas.

Vertí tres pastillas en uno de los tazones con café. Lo revolví bien, lo mezclé con dos cucharadas de azúcar rubia. Tomé el otro tazón y esperé. Un par de minutos después apareció la mujer, la supuesta ama de casa con el desabrido vestido camisero. Se sentó confiada en una de las sillas y tomó su taza.

Ya lo endulcé, le advertí.

Ah, gracias.

La forma en que relajó los miembros de su cuerpo al apoyarse en la mesa denotaba una cierta tensión, un determinado cansancio. Cansada a las diez de la mañana. Imaginé la presión que cruzaría cada uno de sus días.

Me gusta esta hora matinal, dijo, como hablando sola, al tercer o cuarto sorbo. Me gusta cuando el café irrumpe en la sangre, me da energías.

Le sonreí, aparentando serenidad. Cerré los ojos un momento. Como para tentarla a ella. A ella, que miraba el día por la ventana. Un día indeciso, no se le podía llamar por un color. Ni gris, ni celeste, ni blanco. Líquido parecía. Un día tan importante para mí.

Cuando la noté un poco amodorrada, le pedí el baño.

Cuatro eran las puertas que daban al pasillo, dos a cada lado. La primera a la derecha, me había dicho. Entré. Quise demorarme. Para facilitarle el sueño. Éste se adelantaría si no había testigos. Dentro del baño, otra puerta. La abrí. Daba al dormitorio principal. O así lo supuse, por el tamaño de la cama. Bien. Sólo quedaban dos puertas, al frente. Ese tipo de casa no solía contar con dos baños. Ambas debían de ser dormitorios. Uno de ellos era el de mi niña. Y el otro, ¿estaría vacío?

Volví a la cocina. Miré a la mujer, siempre sentada en su silla. Sobre la mesa, toda desparramada. Cabeza, espaldas, brazos, pelo. Parecía tan contenta. Me senté, casi sin respirar. Y aún esperé un poco más.

En puntillas llegué al pasillo. Ya había descartado dos puertas. No tenía más alternativa que elegir entre las dos que restaban. Y elegí mal. Sobre una cama angosta, en una pieza casi vacía, un hombre reposaba. El cuerpo de costado. Un chal a cuadros lo cubría hasta la cintura. No me oyó abrir la puerta. O dormía profundamente o lo hice con el cuidado requerido. Igual, la sangre se me volvió escarcha ante tal visión. Por supuesto: hacían turnos, pensé. O era *el marido que fue a trabajar* o una tercera persona que cuidaba de noche. Su forma de estar tendido parecía provisional, quiero decir que no se acostaba *adentro* de la cama. Además, estaba vestido. Listo para levantarse a la menor señal de la mujer. Retiré de inmediato la cabeza del vano de la puerta. Salí, cerrándola apenas.

Abrí la segunda puerta. En el suelo, sobre la alfombra, mi niña. Dormitaba, entre figuras de madera. Su cama era pequeña, también angosta. Sólo un armario y una mesita con su silla, aparte de los juguetes. Se la veía distinta a las fotografías de la prensa. Le habían cortado el pelo muy corto y teñido de un rubio rojizo. Una pequeña colorina con los ojos negros de alquitrán. Actué con rapidez. La tomé en brazos sigilosamente. No quería que despertara en ese momento. Si empezaba a quejarse, le metería un caramelo en la boca porque si lloraba, yo estaba perdida. Su supuesta madre no me intimidaba ya que en la cocina vivía otras vidas. Pero el hombre, el de la pieza vecina, debía de ser de sueño liviano.

Cuando acomodé su pequeño cuerpo entre mis brazos, sentí un suspiro ligerito. Y luego, silencio. ¿Estaría bajo el efecto de algún tranquilizante? Se arrimó a mí hasta sentirse confortable. Me resultó difícil en aquel instante negar cualquier emoción, pero pensé que ya tendría tiempo para ellas. Sabía bien que, de permitirme algún sentimentalismo, mi misión fracasaba. De todos modos, los verdaderos sentimientos no necesitan aspavientos ni sacudidas. Caminé hacia la puerta de calle, otra vez en puntillas. El bolso blanco en el hombro, la niña en mis brazos. Como el ladrón que por fin se hizo con el diamante imposible. Como el que pasó todas las pruebas y está a un metro del triunfo. Con esa concentración. Con ese cumplimiento. Abrí el cerrojo, luego la última puerta.

3

Secuestré a la alhaja secuestrada.

Niña de mil quereres. Tan disputada.

Ya arriba del taxi me vinieron estas ideas. Previamente, sólo la atención para caminar con mi niña en brazos. Para alcanzar una calle grande en aquel barrio residencial. Para reprimir los pies que cosquilleaban por correr. Para matar la prisa de mis músculos. Para cubrir bien a la niña con mi chaleco. Para que a nadie le llamara la atención.

(Un día, en la sala de visitas del psiquiátrico, Olivia me había entregado un par de billetes. ¿Para qué los quiero?, protesté. Hay servicios aquí que puedes pagar, todo puede pagarse, quédatelos. Me los van a robar, dije. Mételos en el sostén, como las vampiresas. Así lo hice. Ahora agradecía a Olivia. Por supuesto, llegué al hospital sin un centavo. Nadie más que ella pensó en el tema.)

Flor vivía en una casa de muñecas. En un costado del parque de un antiguo convento. Su cura amigo consiguió que las monjas la prestaran a cambio de remozarla. Estaba abandonada, algún día fue la habitación del jardinero. Flor, con su empeño enorme, logró transformarla poco a poco, con sus manos y las de un gasfiter/electricista, casado con una de nuestras compañeras. El resultado era envidiable. Dos árboles gruesos y añosos, cuyos nombres desconozco, la rodeaban como si la fueran a abrazar. El jardín del convento pasaba a ser también el de ella. Escondida entre la vegetación, nada alteraba su independencia. Flor amaba esta casita, la primera que tuvo en su vida. Y como carecía del sentido de *propiedad privada*, la llave se guardaba bajo el choapino y todas lo sabíamos.

Mi niña no habló durante todo el camino largo que recorrimos, desde la casa de los guerrilleros hasta la de Flor. Como si lo supiese: cualquier reacción de ella podría alertar al taxista. Adormilada contra mi hombro, parecía no tomar nota del traslado. Yo la estrujaba contra mí. La prensaba. Aunque jugaba a mi favor, su tranquilidad me inquietó. ¿Estaría algo drogada? Su letargo no parecía natural.

Abrió los ojos cuando nos detuvimos en la puerta del convento. Divisamos un par de monjas a lo lejos. No mostró sorpresa. No mostró molestia. No mostró nada. Yo hablaba por las dos. Como si su nariz no captara el perfume de fiesta de aquel día. La tomé de la mano, la obligué a caminar y nos dirigimos a casa de Flor. Toqué a la puerta. Nadie respondió. Esperé unos minutos antes de hacerme de la llave. Sólo entonces habló.

¿Quién eres?

Tu madre.

Me miró con ojos serios. Como si fuese una adulta.

No. Tú no eres mi mamá.

Fue todo lo que dijo por muchas horas.

Pensé en cosas difíciles. Como el *shock*. Como el bloqueo. Como el trauma. Está hecha trizas, pensé. Sus ojos no son los despreocupados propios de su edad. Sus ojos.

(Durante mi infancia, se trillaba a caballo. Galopaban horas alrededor de la era, hasta que el trigo se desprendía de su capucha. Una vez, uno de los caballos se rompió la pata. Cuando cayó, yo sabía que lo sacrificarían. Nunca se dejaba vivo a un caballo cojo. Recuerdo el momento anterior al disparo. Sus ojos. ¡Cómo me conmovieron! En un segundo se habían transformado en ojos enfermos, suplicantes. Habían perdido la serenidad y ese asombro solemne que me gustaba tanto. Los caballos tienen ojos inteligentes. A veces son tristes, pero la vida en ellos está ferozmente presente, lo que no ocurre con otros animales. Una de las dimensiones más grandes del dolor en toda mi infancia fue la caída de ese caballo y sus ojos sedosos.)

En el refrigerador de Flor encontré leche. Blanca. Cremosa. Ella la tomó, obediente. Le entregué el rompecabezas. Se sentó en el suelo y, con cierto interés, empezó a armarlo. Cada vez que la miraba descubría una pena en ella. Cerré los ojos, mejor no ver. Me tendí sobre el único sillón de la sala, agotada. Al poco, volví a mirarla. De vez en cuando, la tocaba. Levemente. La casa de muñecas y el jardín del convento me hicieron pensar en un cuento de hadas. Las maderas blancas de las ventanas parecían merengues. Los tablones del techo se convertían en bizcochuelo y los clavos oscuros que lo sujetaban en caramelos. Las cornisas, un bordado de seda. Todo hermoso. Hecho a su medida. Alguien podría aventurar una adivinanza: ¿dónde está el lobo?

Horas más tarde, mientras yo dormitaba apenas con la cabeza de mi niña en el regazo, apareció Flor. A través de la puerta abierta vi la penumbra. Corcoveaba la luz detrás de los cerros, con pocas ganas de irse a acostar. Habíamos sobrevivido.

¡Virgencita mía, qué expresión la de la cara de Flor! Se amordazó la boca para no gritar. Lo último que esperaba: encontrarse conmigo en la sala. En su propia casa. Atinó a abrazarme. Y a mirar bien a mi niña mientras la saludaba. Tuvo el decoro de callar en su presencia. Se aferró a los gestos domésticos. Siempre ayudan a salir del paso. Colgar su chaqueta en la percha detrás de la puerta. Lavarse las manos en la cocina. Ofrecer algo de comida. La niña parecía calmada. La tendimos en la cama con la ayuda de los monitos de la televisión.

Entonces Flor empezó a hablar. (¡Pensar que un día fue muda!) Un torrente de palabras. Que la policía me buscaba. Que ya sabían que había escapado. Que habían ido a nuestra oficina. Que preguntaban por mí. Que, por lo visto, ahora empezarían a perseguirme los guerrilleros. Que cómo me había hecho con la niña. Que por qué me había metido en este lío. Que qué pensaba hacer.

Le pedí calma. Me vi obligada a contarle toda la historia, desde aquella noche lejana en un restaurante al lado de la carretera.

Te veo hambrienta, me dijo Flor, capaz de engullírtelo todo; el problema es que más tarde no lo puedas digerir. Lo que no se digiere perfora las tripas, respondí resuelta, y no querré que eso me pase.

A medianoche, Flor llegó a su conclusión: no puedes quedarte aquí. Vendrán a buscarte.

Y tenía toda la razón. Supongo que fue aquél el momento en que se corrieron los gruesos cortinajes entre la cordura y yo. Al menos, lo que llaman cordura.

Mientras me arropaba con una frazada en el sillón, me dijo: la policía te disparará si ofreces resistencia. Y nunca se sabe dónde acaba una bala. Sería como asesinarla. A tu hija.

Partimos al anochecer del día siguiente. Preparamos bien cada paso. El dinero: Flor lo sacó de la oficina. Más tarde lo explicaría. Un equipaje mínimo para mi niña: Flor hizo las compras necesarias. No me permitió abandonar la casa de muñecas ni un solo momento. El traslado: entre sus infinitas redes, cómo iba a faltar un amigo de confianza con un auto.

Al despedirnos, Flor cubrió la cabeza de mi niña con un sombrerito negro. La miré. Parecía una corona de espinas.

HOY

Algunos le llaman el terruño. La comarca. La heredad. Ella sólo le llama el campo.

(La capital era un lugar importante y allí hubo un espacio para ella. En su infancia vivía demasiado lejos del acontecer para entender que en su tierra el acontecer no era. Pasaba de largo como un viento, soplaba urgente hacia las ciudades. Tampoco allí pernoctaba, sólo agitaba a sus habitantes, los despeinaba un poco, desordenaba los grados de temperatura en sus cuerpos para seguir su camino insobornable: la capital. Y a ese lugar lleno de realeza —exactamente a ése—, ella le da la espalda.)

El campo: tranquilo, solitario, abandonado como la tumba de un afuerino. Un lugar donde vivir en estado de gracia, eso es el campo para ella, una gracia leve, lúcida, un poco etérea. Siempre sabia y humana. Donde la violencia no tiene cabida.

Adiós a los recuerdos remendados. Ya es el presente, al fin. Como si sus manos se transformaran en afilados cuchillos, lima primero y luego amputa su memoria, cría incómoda a quien no alentará en el peregrinar a sus espaldas. Como una inyección de anestesia, suspende la cautela. Respira y puede anotar el acto de respirar. Mira a la niña y el tiempo verbal es «mira», no más «miró».

Recién la madrugada. Han vuelto del establo. Le ha enseñado a ordeñar una vaca. La niña nunca había visto una vaca de cerca. La mujer se sienta a la mesa de la cocina a escribir en un cuaderno en blanco —el último— mientras la niña, reacia a sus mimos, dormita en el piso frente al fogón, abrazada al gato de la madre. El gato, siempre esquivo, esta vez se deja querer.

Ordeñar y sembrar: las dos palabras que cayeron sobre su cabeza la noche aquella, en el sillón de la casa de Flor. Las colocó al revés. Sembrar. Ordeñar. Y en ese instante, olvidó el orden y el sentido evidente de la vida. Tomó la decisión, la de arremeter, sin consideraciones. Cualquier otra acción sería estática, sería informe, sería vacía. Había observado durante el día aquella pena sosegada en los ojos de la niña. No la sintió transitoria. Imaginó en ellos una pena duradera. Esa pena era como la caligrafía: si se escribe poco, nunca madura y se mantiene infantil. Decidió, entonces, mover el cielo y la tierra.

Sus padres salieron al camino. Ambos parados sobre el polvo como dos árboles de invierno. Qué despiadada es la estación fría con algunos, los despoja de todo adorno, como si los succionara y mantuviera sólo la esencia.

Tu nieta, madre.

Lo dijo sin demasiado orgullo, controlando el triunfo en su voz porque la humildad le entonó una cancioncilla al oído. Entraron a la casa, y a la niña, hasta entonces un pajarillo con el ala rota, se le observa la primera reacción: son las fotografías coloreadas colgadas en la sala. Con un nuevo e inesperado contento, exclama: ¡Ahí estoy yo! No, le dice, no eres tú, soy yo. La mira como si esa mujer grande todo lo ignorase y testaruda repite: Soy yo. Convencida de ser ella, lanza una risa pequeñita. Somos las dos, le dice la mujer. Bueno, repite, somos las dos. Y avanza para tomar al gato que mira extrañado debajo de la única mesa de la casa, la mesa de la cocina.

Son la madre, la mujer y la niña. Las tres bajo un mismo techo.

Alimentar y abrigar. Los dos verbos que conjuga instintivamente la madre. Abre el arcón donde conserva la lana, la que cada año guarda luego de trasquilar a sus propias ovejas, una lana sin color, un poco dura. El invierno castiga, dice. Más tarde agrega: un abrigo para la niña. Toma unos enormes palillos de madera y comienza su tarea. El ruido que hacen los palillos al entrechocar la madera amodorra a la mujer. Si le preguntan cuál es la música de la placenta, la vibración del útero materno, respondería: el sonido de los palillos. Y le acometen unas enormes ganas de entregarse, también ella, a la tarea de tejer.

La madre cocina. Nació viéndola cortar la cebolla. Cuadraditos, plumas o semicírculos perfectos. Constituían parte de todos sus alimentos, no había guiso que no la incluyera. De pequeña, cuando la tristeza se engolosinaba con ella y el llanto no era bienvenido en la casa, ayudaba a la madre a cortar la cebolla, primero con los dedos para remover capa a capa y luego con un cuchillo: se aliviaba llorando con todo disimulo. La imagen de la madre cortando la cebolla no es perecible, por lo que desea que la niña la vea realizar esta acción también a ella. Que la recuerde en la mesa de la cocina, activa como un latido de corazón.

A través de la cerca, huelen el potrero. La hierba y los árboles hacen ruido. La niña mira a lo largo y encuentra su sombra. Tira de su mano. La niña. Camina, al principio con timidez, luego apura el paso y bebe el aire fresco en la cara. La niña. Más adelante corre y se agazapa detrás de un tronco, como si tuviera una pantera adentro. La niña. Llegan al arroyo. En la orilla, rectas como una oración para un Dios seguro, aparecen aquellas flores rojas de tallo largo. Las cortan, formando un hermoso ramo. En la tierra quedan las que se han marchitado. Flores quebradas para la justicia, flores indelebles para las mujeres que la apoyaron. Coloreadas, enrojecidas, ruborizadas. Olivia alguna vez le contó que en ruso las palabras «rojo» y «bello» tienen el mismo origen. Flores bellas para Olivia.

El atardecer avanza, otorgándole al cielo ese color blanco noche que sólo el campo despide. Callada e indefensa, hubo momentos en el hospital psiquiátrico en que vio frente a sí, para la eternidad, el cajón oscuro de las miserias. Era culpa del letargo, dice, que trataba de convencerla. Tonta, que como un ratón hambriento a punto estuvo de caer en la trampa. Hoy, hasta en sus dientes hay rayos de luz. Y aunque vengan a apresarlas, insistirá la luz. Insistirá hasta su último respiro porque hay ciertos brillos que no tienen vuelta atrás.

Al dormir, pegaditas las dos cabezas, la de ella y la de la niña, teme que sueñen el sueño de la otra.

Por nada desearía que aquel chiquillo haraposo que fue enviado al infierno por robar una cucaracha —en el último de sus sueños en el hospital— se equivoque de cabeza y asuste a la niña. A fin de cuentas, él muere sólo porque ella se lo robó.

Clavelito florecido, ayayay, ay.

Ya, amiga mía, se dice a sí misma, aquí te quedas. Descansa. Siéntate frente al fuego, observa las manos de tu madre mientras amasa el pan. Suelta a la niña. Déjala correr por el campo, no puedes permitir que una golondrina sea más ligera que ella. ¿Deseas tomar ahora al gato y acariciarlo? Hazlo, y cuéntate qué ves en esas medialunas verdes: ves otro tiempo. Un tiempo lento. Nada te apura. Ni los cuerpos ni los pensamientos tienen prisa. Cierra un poco los ojos. Siente todo lo añorado y descansa.

Antes de cerrar los ojos se pregunta si habrá pagado los favores recibidos, si ha olvidado alguna deuda, si su mano a mano está para echar aquí sus huesos. Por si acaso, dice, por si vienen a buscarnos.

Antes de cerrar los ojos, palpa el silencio con enorme placer, como si de un cuerpo de hombre se tratara. No desea llenarse de palabras. ¿Quién dijo que el silencio es triste? ¿Quién te contó que se tiñe de los colores de la bruma? Alegre es el silencio.

Antes de cerrar los ojos, hace un paseo por sus

trastornos. Se detiene con un cierto temor. No, no está tentando a la desgracia. Ningún demonio anda por casa. Pero, aunque se convence de que los espíritus furiosos se han mandado a cambiar y que los ángeles caritativos han tomado su lugar, se pregunta si la vida no estará estrechando su cerco en torno a ella.

Al despedirse de Flor, vio en sus pupilas la promesa del fracaso. Ahora, frente al fogón, no cae en esa trampa. Intenta pensar con dos cabezas. La dc Flor y la suya. Ve la cabeza de Flor ordenada, enteramente en su lugar, como un sombrero hecho a medida. Las alas son redondas y el ruedo llega justo al nivel de los ojos. Mientras, la suya se ha vuelto una cabeza decididamente salvaje. Descubierta. A merced de los elementos de la naturaleza. Enredado el cabello por el viento, no resiste ni los dientes de un cepillo. Mechones fuera de toda estimación o control. No se abriga. No se protege. La línea bajo la nuca, básica, primitiva. La del cráneo, impredecible, suelta, feroz.

La cabeza de Flor, vale decir, la cabeza ordenada, piensa en los actos y sus consecuencias. Piensa en los riesgos. Piensa en la muerte (¿el príncipe entregando sus datos desde la cárcel?, ¿guerrilleros averiguando su paradero?, ¿vuelta a ser secuestrada la ya secuestrada tantas veces?, ¿la farmacia más cercana avisando la compra de insulina?, ¿soldados o policías disparándole porque no suelta a la niña?, ¿cayendo ambas en la reyerta?, ¿cumpliendo la profecía de convertirse en la Llorona?).

La cabeza salvaje es irresponsable. No es que ignore los riesgos, sólo que cree que hay que correrlos para llegar al sosiego final. Para que el círculo se cierre. Entonces, piensa en la libertad. Como una bola de cristal llena de copitos de nieve que luego de un remezón se aquietan. Por fin se aquietan. Ella y la niña en los campos. Ella y la niña entonando la música callada de sus padres. Ella y la niña inventando una vida para una niña enferma. Ella y la niña despeinando a las jóvenes mazorcas en el potrero del maíz. Ella y la niña introduciendo un dedo, uno solo, el índice, en la espuma de la leche recién ordeñada para comprobar su tibieza. Ella y la niña siguiendo el olor de la greda hasta dar con el montículo de tierra rojiza donde antaño probaba, con sus manos infantiles, a moldear pequeños cántaros. Ella y la niña situando las cuatro manos, una debajo de la otra, en fila, para pellizcar su piel cantando:

pimpirín gallo
monta a caballo
con las espuelas
del tuturú gallo.

Ella y la niña riendo porque nadie dará con ellas, ella y la niña riendo porque, si lo hacen, aun así, no se separarán.

A fin de cuentas, aunque Flor es su amiga y compañera, para pensar tiene su propia cabeza. Si mucho te contentas con el orden, se dice, te vas convirtiendo en piedra. ¡Deténganse, cabrones, la niña está conmigo!, también se lo dice a sí misma porque cree que todo sucede en silencio en el campo, desde el amor al asesinato. Un llanto rebelde la acomete, luego de tanto momento acumulado sin llorar. Lo agradece porque es un llanto que le lava la cara. Un regalo, como un sol de invierno.

Observa que ciertas manos exhiben un aspecto predatorio, ¿las suyas? Pero, cómo, si las suyas son para jugar. Con esas mismas manos detiene los negros presagios. Los empuja, como el firmamento a las nubes turbias una vez pasada la tormenta. Se han ido. Sucias, desganadas, caprichosas, no han tenido más remedio que partir.

Y, entonces, el cielo. O el eco del cielo.

Cuán azul ha quedado.

AGRADECIMIENTOS

—

A mi hermana Paula, a quien debo esta novela.

⊜ Planeta

España
Av. Diagonal, 662-664
08034 Barcelona (España)
Tel. (34) 93 492 80 36
Fax (34) 93 496 70 58
Mail: info@planetaint.com
www.planeta.es

Argentina
Av. Independencia, 1668
C1100 ABQ Buenos Aires
(Argentina)
Tol. (5411) 4382 40 43/45
Fax (5411) 4383 37 93
Mail: into@eplaneta.com.ar
www.editorialplaneta.com.ar

Brasil
Rua Ministro Rocha Azevedo, 346 -
8º andar
Bairro Cerqueira César
01410-000 São Paulo, SP (Brasil)
Tel. (5511) 3088 25 88
Fax (5511) 3898 20 39
Mail: info@editoraplaneta.com.br

Chile
Av. 11 de Septiembre, 2353,
piso 16
Torre San Ramón, Providencia
Santiago (Chile)
Tel. Gerencia (562) 431 05 20
Fax (562) 431 05 14
Mail: info@planeta.cl
www.editorialplaneta.cl

Colombia
Calle 73, 7-60, pisos 7 al 11
Santafé de Bogotá, D.C.
(Colombia)
Tel. (571) 607 99 97
Fax (571) 607 99 76
Mail: info@planeta.com.co
www.editorialplaneta.com.co

Ecuador
Whymper, 27-166 y Av. Orellana
Quito (Ecuador)
Tel. (5932) 290 89 99
Fax (5932) 250 72 34
Mail: planeta@access.net.ec
www.editorialplaneta.com.ec

Estados Unidos y Centroamérica
2057 NW 87th Avenue
33172 Miami, Florida (USA)
Tel. (1305) 470 0016
Fax (1305) 470 62 67
Mail: infosales@planetapublishing.com
www.planeta.es

México
Av. Insurgentes Sur, 1898, piso 11
Torre Siglum, Colonia Florida, CP-01030
Delegación Álvaro Obregón
México, D.F. (México)
Tel. (52) 55 53 22 36 10
Fax (52) 55 53 22 36 36
Mail: info@planeta.com.mx
www.editorialplaneta.com.mx
www.planeta.com.mx

Perú
Grupo Editor
Jirón Talara, 223
Jesús María, Lima (Perú)
Tel. (511) 424 56 57
Fax (511) 424 51 49
www.editorialplaneta.com.co

Portugal
Publicações Dom Quixote
Rua Ivone Silva, 6, 2.º
1050-124 Lisboa (Portugal)
Tel. (351) 21 120 90 00
Fax (351) 21 120 90 39
Mail: editorial@dquixote.pt
www.dquixote.pt

Uruguay
Cuareim, 1647
11100 Montevideo (Uruguay)
Tel. (5982) 901 40 26
Fax (5982) 902 25 50
Mail: info@planeta.com.uy
www.editorialplaneta.com.uy

Venezuela
Calle Madrid, entre New York y Trinidad
Quinta Toscanella
Las Mercedes, Caracas (Venezuela)
Tel. (58212) 991 33 38
Fax (58212) 991 37 92
Mail: info@planeta.com.ve
www.editorialplaneta.com.ve

Grupo ⊜ Planeta   Planeta es un sello editorial del Grupo Planeta   www.planeta.es

Este libro se imprimió en los talleres
de Grafhika Copy Center Ltda.
Santo Domingo 1862
Santiago de Chile